Dentes

Domenico Starnone

Dentes

tradução
Maurício Santana Dias

todavia

Para Anita

I

No início da tarde do dia 6 de março de três anos atrás, perdi dois incisivos numa tacada só. Eram os que me serviam para pronunciar meu nome. Tinha dito a Mara: "Chega, não quero te ver nunca mais". Ela respondeu não com palavras, mas com o cinzeiro. Agarrou-o pela borda de repente e golpeou meus dentes, com bitucas e tudo. Depois foi chorar no quarto.

Fiquei na cozinha, arrasado; tinha certeza de que ela não me amava mais. Eu acabara de listar as provas de suas traições: mentiras, desculpas insustentáveis, nome e sobrenome de seu último amante. "É verdade ou não é?", pressionei. Por que não me respondia? Eu tinha largado mulher e filhos por ela, era possível que me retribuísse assim?

Mara segurava um sorriso entre a irritação e o medo, não encontrava palavras, escutava incrédula. De minha parte, eu acreditava em tudo o que dizia, e até aquela última pergunta — será possível que me retribua assim? — era bem mais que o fruto de uma dúvida. Eu a repeti primeiro à distância, depois cada vez mais perto, com a boca em cima dela como para mordê-la, o bafo que a aguilhoava, os lábios em O.

Com muita frequência eu pescava indícios de seus casos, somava dois mais dois e elaborava visões de uma sugestiva veracidade. Tudo começava com uma dor crescente no centro do peito; depois se seguia um vazio insuportável, como se tivessem aspirado meus órgãos internos e os substituíssem por imagens e mais imagens de uma vulgaridade excitante. Então eu dizia: "Sente-se, preciso falar com você". E disparava.

Naquela ocasião, eu também tinha começado em surdina, e só quando ela ficou vermelha é que levantei a voz para demonstrar: está vendo? Ingênuo, sim; cretino, não. Agora eu tentava pronunciar Dido, traição, Dante, cizânia, nana neném, Domenico, dado, Domodossola. E já estava rindo: incrível, que louco, que louco. Na última vez em que tinha acontecido, Mara me prometera: "Se me tratar de novo assim, arrebento seus dentes". Aí está, arrebentados pela raiz. Saboreei com a língua o vazio, as lascas estranhas e cortantes, bem fixadas nos alvéolos. Meus lábios e narinas estavam cheios de cinzas.

Desde criança, eu esperava que todos os meus dentes caíssem. Não os dentes de leite, cheios de vontade própria. Aqueles tinham caído depois de um bamboleio gentil, às vezes com alegria e às vezes não, deixando furos interessantes para a língua, memórias de magias espantosas nas paredes onde os sepultara, milagres de fadas que os tinham levado embora para fazer sabe-se lá o quê. Não, eu queria é que os novos caíssem, três vezes maiores que os de antes. Eu os achava tão incômodos que pensava: não é possível continuar assim, preciso cuspi-los. E cuspia, mas eles continuavam devorando minha cara com uma soberba injustificável.

Tinham aparecido inesperadamente, como pedras arremessadas do fundo da garganta. Haviam transformado meus lábios em abas de uma laceração que parecia horrível tanto a mim quanto aos outros. Agora a arcada estava a tal ponto projetada para fora que parecia o bico de uma ave de rapina. Eu tremia, não via a hora de mudar os dentes de novo. Esperava outras magias, outros milagres: este não tinha dado certo — fadinha, fadinha.

Mas eu sabia pouco ou nada sobre o destino dos corpos. O fato de os dentes mudarem me parecera um bom sinal, um indicador de potência: se alguma coisa dá errado, se substitui; o feito nunca está feito definitivamente. Havia uma selva de dentes possíveis por trás daqueles recém-saídos; uma floresta de cabelos por trás dos fios já crescidos; uma água-marinha aguçada e colorida, pronta a borbulhar das nascentes dos olhos; e a estatura, que se alongava ou encurtava a bel-prazer, marcando com talhos o batente da porta.

Passou um bom tempo antes de eu descobrir: não vou mudá-los nunca mais. Vou ter de ficar para sempre com a boca entreaberta, atento a não rir, aniquilado pela descoberta de que os dentes só são trocados uma única vez e que a troca nem sempre é vantajosa: pior para mim. A menos que eu os consertasse. Com a língua. Com os dentes de baixo, que tentavam inutilmente se ajustar aos de cima e empurrá-los para o fundo da garganta. Endireitar os tortos: ortodontia teimosa e tosca, induzida pelo temor de que os dentes tortos me fizessem perder até os direitos mais elementares.

Eu tentava e tentava. Talvez bastasse baixar o lábio superior como uma porta de garagem. Mas as presas pressionavam com ferocidade, a porta não aguentava, a cara como um todo não conseguia conter aquela máquina trituradora em contínua expansão, cada vez mais nua, terminal de enormes desejos. Por exemplo, o desejo de rir. Gaiato angustiado com as gaiatices minhas e alheias, ria e escondia a boca com a mão, logo me horrorizando pelo contato dos dentes contra a palma. Prazer de presas, pensava; dentuço, me diziam, dentado, dentola: eu era uma máscara de mandíbulas desconexas. Ria de quê? Não havia nada para rir. Esbanjava alegria e sofrimento, felicidade e mal-estar.

Então me decidi. Ao completar nove anos, me deitei no piso, fechei os olhos e bati com os dentes no ladrilho. Não causei grande prejuízo. Apenas lasquei um incisivo: um dos que agora Mara me extraiu da boca de um só golpe.

Tomei aquela decisão no dia em que fui visitar com meus pais as ruínas de Pompeia. A cidade destruída pela lava me deixou indiferente. Eu já tinha meus problemas e não conseguia entrar na pele dos pompeianos, sobre os quais meu pai, querendo me instruir, insistira em falar no dia anterior. Circulei ali sem energia, buscando entre aquelas casas antigas não me perder de meus pais, que pouco se importavam comigo e muito consigo: veja aqui, olhe lá, oh, como é bonito.

Eu não achava nada bonito. À sombra de um pórtico, devorei a fritada de macarrão preparada por minha mãe enquanto me dizia: "Devagar! Olhe essas mordidas! Cuidado com o papel de embrulho!". Fazia calor, devia ser um dia de junho, eu sentia um tédio de existir que me tornava cada passo pesado. Até que, no meio daquelas ruínas, me chamou a atenção o perfil de algumas colunas cortadas. Tinha (e tenho) uma vida cheia de coisas assombrosas: de repente senti aquelas colunas em minha boca; e logo em seguida tive a impressão de que a terra jazia naquele espaço como uma arcada aberta, os dentes fincados nos ossos de pedra. A cidade — pensei — tinha sido nada mais nada menos que uma boca dentada de irritante voracidade, que dava mordidas ao céu, e o vulcão soprara o fogo sobre ela para arrasar aquela proliferação de presas. Assim, sem pensar na curiosidade que suscitaria, me deitei no chão para sentir o céu sobre meus dentes e ver se eles resistiam àquele peso. Quatro turistas pararam ao lado daquele corpo de menino de aparência exânime, e um deles — um senhor idoso, de cor avermelhada — se ajoelhou e encostou o ouvido em meu coração, tunt, tunt. Meu pai veio correndo e gritando: "O que é isso? Ficou besta?". Quando voltamos para casa, cambaleei pelo corredor para dar a entender que estava muito cansado. "Ai, ai, não aguento mais", anunciei com um grito de falsa alegria. Então me joguei de barriga no chão e dei aquela terrível pancada no ladrilho.

Minha mãe me levou pela primeira vez ao dentista.

2

O relógio elétrico em cima da geladeira zumbia como se o tempo fosse um inseto prisioneiro. Senti uma espécie de chiado da dor na gengiva contundida e por um segundo me perdi em mim mesmo, atribuição pronominal malsucedida: era aquele que tinha deixado os dentes se quebrarem ou aquele de quem os dentes estavam despontando de leve?

Caminhei e pus a cara com cautela no quarto. Mara se atirara transversalmente sobre os cobertores, mas sem desleixo, com a precisão da diagonal no retângulo do colchão, e ainda soluçava. Sentei-me na ponta, acariciei suas costas, ela se enrijeceu. Enquanto lutava para conter os soluços, fez um gesto para me enxotar; depois afundou o rosto na coberta, tentando parar de chorar; por fim se virou para cima, fixando-me com a maquiagem borrada, os lábios ainda trêmulos. Mostrei-lhe a boca para que se comovesse e me consolasse, mas não se arrependeu do que havia feito, nem quando lançou um olhar meio afilado, meio de esguelha, ao lábio superior inchado e às gengivas que eu sentia pegando fogo. Único ressarcimento: me ofereceu a metade das oitocentas mil liras que guardava na segunda gaveta à direita, num envelope debaixo dos suéteres. Para pagar o dentista, falou, vá correndo, tem um no final da rua. Logo depois, fez um carinho em mim e me perdoou por todas as coisas horríveis que eu tinha dito. Mas foi clara: "É a última vez". E fez questão de me lembrar, empinando o nariz: você não pode negar que sempre te concedi uma última vez — uma última vez por isso, uma última vez por aquilo.

Agora chega. Era a última vez que adiava e ficava comigo; na próxima, não me quebraria apenas dois incisivos, mas todos os dentes, e sumiria para sempre. "Entendidos?" Então concluiu mais afetuosamente:

"Lamento. Eram os únicos dentes bons que você tinha."

Mentira, mas deixei que acreditasse. Quanto ao dinheiro dela, respondi que não. Depois respondi que sim e, agradecido, apoiei uma bochecha em seu seio. Com o polegar, Mara ergueu bem devagar o lábio inchado para examinar melhor o estrago, o que era um tanto desnecessário: estou sempre de boca aberta. Se antes ela fingira pouca preocupação, agora estremeceu com a impressão que lhe causei e, inspirando o ar, produziu entre a língua e o palato um som de repugnância.

"Diga tenda", me pediu.

"– e – – a", me saiu, enquanto a ponta da língua se perdia no vazio, marulhando t – n – d.

"Tente de novo", falou apreensiva.

Tentei, exagerando as dificuldades com esmero, para comovê-la ainda mais. Por fim, escandi: "Tenda", e suspirei. Na falta dos incisivos, tinha apoiado a língua nos alvéolos. Ao fazer isso, senti como um salto doloroso dos nervos acompanhado de um turbilhão de imagens confusas: emplastos verde-acinzentados de alface, por exemplo, um remédio de minha infância contra os abscessos. "Memória estomatológica", inventei para mim. Ou mais provavelmente um cruzamento irrefletido entre competências fonadoras e desejo de regressão. Quando me acontecera de pronunciar daquela maneira, língua contra gengiva, sem o escudo dentário? "Antes da dentição", disse a Mara. Agora a língua voltara subitamente a articular dentais numa posição que eu não usava havia décadas para aquele fim.

"T, d, n", falei rindo.

"Muito bem", murmurou Mara, "mas mantenha a boca fechada."

Agora era ela quem ria. Enquanto isso, eu ia pensando e articulando contra os alvéolos: dente, dentada, doidinho.

Saí às pressas, perseguido pelas recomendações de Mara:

"Diga que você precisa dos dentes para trabalhar. Diga que tem uma entrevista importante depois de amanhã. Diga que é urgente. Não fique calado como sempre. É gente que, para ganhar mais dinheiro, tende a multiplicar inutilmente as consultas."

O dentista ficava a poucos passos, se chamava Gullo. Atravessei a rua e já estava na Via Colfiorito, quieta, sem saída, um punhado de tenras agulhas de pinho verde-esmeralda sobre o pavimento, o murmúrio do tráfego. Não deixava que enfiassem ferros em minha boca fazia anos e, a poucos passos do consultório do dentista, parei incerto, com uma leve apreensão. "Deixe eu ver", disse minha mãe, de súbito inserindo um dedo entre meus dentes; depois exclamou ai como se o tivesse arrancado. Por um instante a vi dentro de uma camisola verde, larga e amassada; mas não inteira: uma parte do corpo — o ombro, a perna esquerda até a virilha — tinha escapado numa anágua azul e oscilava, pendurada ao portão de Gullo, como se estivesse estendida na sacada para secar.

Sentei-me numa mureta onde batia uma nesga de sol pálido e apoiei as costas numa treliça enferrujada. De minha mãe, sempre gostei que ela não cabia nas roupas. Não havia vestido que a contivesse, mais cedo ou mais tarde ela transbordava. Quando pequeno, eu a espiava e pensava: "Pronto, agora faz blush e se transforma". Acreditava que as metamorfoses eram acompanhadas de um som, e me dei conta de que continuava acreditando nisso. Qual o barulho que o cinzeiro fez, menos de uma hora atrás, ao bater contra meus dentes? Dong. E minha mãe, quando estava prestes a sair dos panos, que som emitia? Blush. Lembrei-me do rumor de suas tesouras quando cortava blusas na mesa da cozinha, algo que fazia com naturalidade. Trazia nos pés uns chinelos tronchos, os tornozelos em meias frouxas, o corpo em camisolas bojudas, os cabelos num emaranhado preto-azul, os dentes num sorriso doméstico de disponibilidade, a voz dentro de um dialeto que para os filhos insuportáveis dispunha de rajadas do tipo: tchiunclockh-mmommó. Eu seguia com o olhar as lâminas que, se abrindo e fechando como a boca de um peixe, avançavam pelo tecido e de vez em quando se chocavam contra a superfície da mesa, misturando ressonâncias de metal e madeira: trock, trock. Era o sinal. "Dessa mãe agora vai aparecer uma outra", eu pensava. De fato, ela era capaz de se transformar de repente. Escapava da cozinha, se atirava em trabalhos e luxos para assumir outras aparências, outra voz, outro sorriso, fazia amizades com senhoras mais desenvoltas, menos castigadas que ela.

Uma senhora eslava, por exemplo: refugiada inquieta, que se sentava não na cadeira, mas de pernas abertas sobre a mesa daquela mesma cozinha. Tinha belos olhos oblíquos e falava sem o dialeto de minha mãe. Ela e um homem oliváceo — bigodudo —, não o legítimo esposo, mas alguém que, eu imaginava, a amava à vontade enfiando-se sob suas saias como um chefe indígena sob a cabana, levavam aquele negócio das blusas para nossa casa toda semana. A senhora se chamava Tiptop, pelo menos era o que estava escrito na loja onde ela depois revendia as blusas: nome de égua levemente claudicante, outro som dotado mais de magia que de sentido. Era barulhenta e sem compostura. Cantarolava canções em língua estrangeira e balançava as pernas para a frente e para trás, de modo que, enquanto a tesoura fazia trock trock, a mesa reagia àquele balanço com nhe-é nhe-é. Quantos sons em minha cabeça que não são palavras e no entanto assinalam uma poeira de cifras: blush, tip-top, trock-trock, nhe-é nhe-é. O dente que eu tinha lascado de propósito no ladrilho também emitira um som, com certeza. Eu o guardara bem em algum lugar: talvez snock; e logo minha mãe se transformara numa mulher deslumbrante, bem penteada, bem vestida, bem calçada.

"Vamos ao dentista", ela disse.

Tínhamos ido numa manhã, por necessidade. Ela estava com dor de dente, eu também. Depois que rompera o incisivo, tinha começado a sentir certas pontadas que partiam daquele dente, me atravessavam a cara, varavam o olho e batiam com força contra a têmpora. Sentia que a existência me era hostil. De noite eu ficava um bom tempo acordado e ouvia vozes de lamento que vinham das ruas, convencido de que eram dirigidas a mim. Muitas vezes captava os ladrões escalando para roubar os lençóis que secavam nos varais; temia que, não satisfeitos com aquilo, entrassem por uma janela e me apunhalassem. De dia, nos canteiros, acontecia de cair das folhas das árvores uma chuva de larvas que acabavam entre meus cabelos ou no pescoço. "Feche a boca", me alertava meu irmão, o qual ouvira falar de moscas que, assim que viam uma boca aberta, entravam e comiam a língua. Muitos prodígios. Eu me aterrorizava pensando que um número enorme de eventos desconcertantes marchasse sabe-se lá de onde para me pegar. Aquela dor aguda, por exemplo, eu estava certo de que viera de fora. Subira por meu corpo e se infiltrara no incisivo através da borda lascada. O dente ficara ainda maior, como se tivesse sido obrigado a expandir-se para lhe dar lugar, e a própria dor parecia uma planta: crescia na vertical, mas também espalhava galhos que se ramificavam por toda a arcada, inchando as gengivas de sangue. Esperava — naquela época — que o dentista me desenroscasse toda a boca e a substituísse por uma menor, menos exposta. Observava a de minha mãe, que me parecia a boca mais certa. Perguntava-me como eu ficaria com sua boca no lugar da minha. Ela cheirava a dr. Knapp, o nome de um líquido escuro com que se anestesiava a dor de dente.

Tomei coragem, toquei o interfone de Gullo. A fechadura do portão deu um estalo, costeei um jardim bem cuidado e subi alguns degraus de um reluzente palacete de início do século XX. Uma jovem muito elegante, de cabelos ruivos, pele clara e uniforme branco me disse: fique à vontade. Expliquei-lhe meu caso cobrindo a boca com um kleenex: sem consulta marcada, sim; mas é urgente, ai, ai. Ela me acompanhou a uma saleta com poltroninhas de couro sintético e um fícus moribundo. Não havia outros pacientes à espera.

Pensei: vai ser questão de minutos, mas continuei contemplando por uma boa meia hora reproduções de quadros de Gauguin e Van Gogh. Ler revistas de meses atrás não me interessava; meti a ponta da língua no espaço deixado pelos dois incisivos e pensei não sei por quanto tempo, de olhos fechados: quero ser feliz, quero ser feliz. Fazia isso desde pequeno, no cinema, durante o intervalo. Preferia, às luzes da sala, o escuro colorido das pálpebras; só as reabria quando escutava que a alegria do espetáculo estava recomeçando. Burburinho, cling de sabe-se lá que metais, um ah, depois outro ah.

Apareceu o dentista, branco, rosado, sem um fio de cabelo fora do lugar. Acompanhou até a porta, com uma conversa gentil, um paciente de meia-idade que, mesmo sendo tão cuidado no aspecto quanto o doutor, emanava o desalinho de uma experiência feia, mas com final feliz. Não devo ter causado boa impressão a nenhum dos dois. O paciente, depois de um olhar sofrido, me apagou ao fechar a porta atrás de si; o dentista me fez um gesto de cumprimento, fixando um ponto indefinido à sua frente, e voltou depressa ao consultório. Minutos depois, fui chamado com um brusco "É a vez do senhor" pela jovem, que me abriu a porta.

Entrei: mais reproduções de Van Gogh e de Gauguin; algo de Mahler em volume baixíssimo ia pelo ar cheirando a pasta de obturação; o dentista já havia colocado máscara e luvas. Expliquei a situação, ele disse: abra a boca. Eu abri e depois, a um novo pedido, a abri mais ainda. Gullo meteu o nariz lá dentro e murmurou: meu Deus. Perguntei: algum problema? Ele ordenou: mantenha a boca aberta, e ficou horrorizado — uh! Então concluiu: "Não creio que eu possa ajudá-lo". Devastação, escombros, tudo por reconstruir, talvez fosse caro demais para mim.

Fiquei meio amargurado. Será possível que estivesse tão na cara minha condição miserável?

"Faça um orçamento para mim", pedi, e enquanto isso recordei as recomendações de Mara: objetivo; não se deixe intimidar; você tem uma entrevista depois de amanhã para um novo trabalho; precisa com urgência de uma boca em ordem. O dentista me fez entender que não queria perder tempo com cálculos inúteis. Apenas murmurou, de cenho fechado: sessões e mais sessões; milhões, milhões e milhões; depois me lançou um olhar de viés para verificar se, ao contrário das aparências, eu estava disposto a pagar.

"Ah", ponderei. Mara tinha me dado quatrocentas mil liras; eu tinha pouco mais de um milhão em economias, mas não podia torrar o dinheiro, precisava dele para meus filhos. "Ah", repeti, "e em prestações?" Nada de prestações. "Ah", tornei a dizer, e pensei: vou ficar assim, nada de entrevista, nada de trabalho novo, paciência. Então acrescentei em voz alta: "Sabe que senti não apenas dor, mas também uma emoção intensíssima ao pronunciar as dentais pondo a língua nos alvéolos?".

O dentista ficou surpreso com aquela confidência. Eu percebi e perguntei ainda, tentando encontrar uma brecha:

"Por acaso existe uma memória estomatológica?"

Ele ficou confuso, e notei que o atingira.

"Não sei", respondeu; mas decidiu num impulso: "Abra a boca de novo".

Examinou-me com maior cuidado; aliás, talvez querendo não fazer feio, quis saber se, em minhas atuais condições, eu havia experimentado com as labiodentais. Admiti que, se o fizera, tinha sido não de caso pensado. "Diga figo", disse com tom profissional. Falei figo: e acrescentei por mim mesmo fogo, foca, fosso. Agora eu falava e sorria contente. Ele também pareceu de bom humor, enquanto me cutucava um dente após o outro com um ferro em gancho e falava por cima de meus gemidos de dor: este foi, este foi, este foi. Mas a certa altura parou de chofre e recuou, franzindo o cenho. Concluiu:

"O problema não é o dinheiro, é possível chegar a um acordo."

"Então o que é?"

"Sua boca tem alguma coisa estranha. O senhor é uma pessoa culta, posso falar francamente: tratar dos dentes, tudo bem; extrair, substituir, perfeitamente; mas sua boca, me refiro ao conjunto: eu ficaria preocupado."

"Algo de grave?", indaguei alarmado.

Pausa. Notei que ele estava constrangido. Tentou me tranquilizar, disse que pensaria a respeito, agora tinha outros pacientes que o aguardavam. "Amanhã", me prometeu. Às quinze horas. Mas fique sossegado. E me acompanhou até a porta, gritando enquanto a fechava rápido às minhas costas: "O próximo".

Tudo cena, a sala de espera estava deserta. Tentei escapar, mas a secretária me bloqueou para cobrar cento e vinte mil. Paguei de má vontade com o dinheiro de Mara.

3

Esforcei-me para contar a consulta médica em tons divertidos. Mara se enfureceu do mesmo jeito:

"Não devia pagar."

Tinha me alertado sobre os truques dos dentistas, frases do tipo: que dentes malcuidados; o custo vai ser alto; muito, muito trabalho; este sim, este não; cuidado, aos cinquenta anos, o senhor não terá mais um dente na boca. Será possível que eu não soubesse lidar com gente assim?

Dei de ombros, confessei a ela que tinha ficado um pouco assustado: sua boca tem alguma coisa estranha, me disse a certa altura o dr. Gullo.

"Eu gosto dela", retrucou Mara, mordendo-me o lábio inferior que, me dei conta, estava começando a doer mais que o superior.

"Ai", gemi, e ela:

"Dói? Eu devia fazer pior."

Bagunçou meus cabelos, tentou me morder novamente e se perguntou como ela foi ficar com alguém como eu. Mas no fim das contas me pareceu reconciliada: tudo tinha passado, até o mau humor pelo dinheiro que eu gastara à toa. Somente os olhos continuavam um pouco inchados.

Mas acabei pagando caro pela reconciliação. Dali a pouco ela me anunciou que Mario Micco, um colega seu (trabalhavam juntos numa imobiliária, recuperando casas de fazenda no Lácio), nos convidara para jantar naquela noite. Disse isso cravando os olhos em mim, com ar de desafio, como se estivesse me submetendo a uma espécie de juízo divino: eu diria sim ou não?

Soltei um longo suspiro. Naturalmente eu teria preferido passar a noite inteira me perguntando em silêncio: tenho de fato alguma coisa estranha na boca? Ainda mais que eu só tinha visto esse Micco umas duas vezes na vida, e pelo que me lembrava ele era mais insignificante que um borrão involuntário de caneta numa folha. Porém — entendi imediatamente — não seria possível: parece que tinha sido ele quem me arranjara a entrevista de trabalho, graças à qual — segundo Mara — eu poderia deixar logo a escola e me posicionar mais adequadamente; relações públicas, uma assessoria de imprensa ou coisa do gênero; todos os dias no Eur, Viale della Letteratura, salário satisfatório. Para dizer a verdade, eu acreditava pouco naquilo, pensava que fosse uma fanfarronada do tal Micco. Já Mara confiava muito nele, considerava-o um homem muito bem relacionado, arquiteto versátil que todo dia se encontrava com gente daqui e dali. Diante de seus olhos, ele erguera o fone e zapt, me arranjara aquela entrevista decisiva. Eu podia escapar?

Não, paciência pelas gengivas, que agora estavam mais escaldantes que caranguejos de lagoa mergulhados primeiro em ovos batidos e depois fritos em óleo fervente. Nem sequer ousei mostrar alguma contrariedade. Mara era dessas mulheres que vão trabalhar com febre alta e enfrentam dificuldades de todo tipo, malgrado cefaleias e cólicas intestinais; sem contar que bastava uma recusa minha para que ela visse naquilo o início de outras suspeitas, de outras cenas como a que eu acabara de fazer diante dela. Por fim, falei todo contente: "Vamos". Ela me propôs a título de encorajamento: "Vamos perguntar a ele se conhece um bom dentista". Repeti ainda mais contente: "Vamos".

Ela correu para se enfeitar e às nove lá estávamos, na casa de Mario Micco, que nos abriu trajando avental amarelo e chapéu de chef na cabeça. "Últimos retoques", disse. Quando cozinhava, se dedicava muito. "De resto, como em todas as coisas", elogiou a si mesmo, nos arrastando para uma cozinha que era um amontoado de panelas sujas.

"Me fazem um pouco de companhia?", sugeriu, e concordamos entusiasmados. Vapores e cheiros de especiarias, de cremes, de nata e de *fagioli all'uccelletto*.* Fiquei em silêncio enquanto o via imergir as mãos curtas e peludas numa massa em parafuso que ele extraía de uma panela e distribuía sobre uma travessa oblonga de metal.

"Não é assim que se faz?", perguntou a Mara, buscando sua concordância.

Ela assentiu com uma alegria exagerada, e então começaram a falar sobre a planície pontina, onde estavam fazendo não sei que obras. Micco citava certos concorrentes de outra agência com uma aversão que não parecia motivada por uma rivalidade ocasional, mas por uma ojeriza natural a eles, sobre os quais inclusive insistia exclamando, sarcástico: "Que cara de pau! Que cara de pau!". De sua parte, Mara se dizia segura: tinha sido clara com fulano e sicrano, não havia equívocos sobre sei lá o quê, em suma, havia acertado tudo. Porém, de vez em quando constatavam preocupados: o mercado está desaquecendo. Mas logo faziam votos de que ia melhorar e tornavam a se entusiasmar. Depois de dois minutos, tive a impressão de que o universo se concentrasse entre Latina e Sermoneta: ali, pelo menos, Mara e o colega estavam dando duro diariamente, sem se poupar. "Se a coisa não destravar", Micco previa com apreensão. "Vai destravar, vai destravar", Mara o tranquilizava.

---

* Tradicional prato toscano que consiste em feijão-branco, molho de tomate e sálvia. [N. E.]

Mas ele não se convencia. Soprava sobre conchas fumegantes, provava molhos e concluía quase todas as frases com um vago e desconsolado "assim assim", acompanhado de lábios contraídos e nariz torcido.

Percebi que, por um lado, Mara se deixava envolver por todas aquelas questões que a afetavam, como se a casa de Micco fosse uma sucursal do escritório; por outro lado, se lembrava de minha presença e media paixões laborais e palavras, me espiando para entender se algo me deixara nervoso. Como eu temia estragar sua noite por ficar muito na minha, a certo ponto intervim cobrindo a boca com um kleenex. As gengivas doíam, e eu tinha a sensação de que estavam inflamando cada vez mais, mas mesmo assim balbuciei algo lisonjeiro sobre o grande empenho de ambos no trabalho. Mara olhou imediatamente para o outro lado, embaraçada. Quanto a Mario Micco, ele perguntou divertido:

"Quequequé?" E, como estava se achando muito engraçado, imitou minha dicção recitando: "Babalu, babalu, blut spot blut".

Depois riu como um cretino.

Insisti pateticamente para me mostrar à altura e me esforcei em escandir melhor as palavras, mas por fim desisti e disse depressa:

"Chega, estamos entendidos."

Ele balançou a cabeça cada vez mais divertido. Entendidos de jeito nenhum, impossível, eu estava saltando certas sílabas, sem contar que com o kleenex tapando a boca só se ouvia um balbucio. Como eu faria com a entrevista que ele agendara para mim? Queria que ele fizesse um papelão com o amigo a quem me recomendara?

Ao ouvi-lo falar assim, fechei a cara, e Mara se mostrou ainda mais agitada. Então Micco bateu a mão fraternal e suja de gordura em meu ombro e me tranquilizou:

"Não é nada, tudo passa. Vai passar. Eu só estava brincando: vai dar tudo certo com a entrevista."

Não apreciei aqueles modos. Não apreciei sobretudo que não tivesse nem me perguntado: mas por que esse kleenex? Por que está falando assim? O que aconteceu? Mara — deduzi, lançando-lhe um olhar carregado — devia ter lhe contado tudo, de cabo a rabo, quando ele telefonou nos convidando para jantar. Ou, pior, ela mesma tinha lhe telefonado assim que saí para o dentista. Agarrara-se ao telefone e desabafara com soluços e palavras, palavras e soluços, de modo que ele se viu obrigado a consolá-la com aquele convite para jantar. Seria possível? "Fique quieto e bonzinho", recomendei a mim mesmo. Não disse uma palavra, nem mesmo quando o dono da casa exclamou: "Está na mesa".

Mara e eu nos sentamos com um ar festivo, fingindo uma grande fome. Micco nos disse que também tinha convidado uma amiga, mas ela não pôde vir porque ficou gripada de última hora. "Melhor assim", concluiu, jogando num canto o avental e o chapéu de chef. No entanto, antes de se sentar, tirou para fora da calça a barra da camisa e a segurou no peito com o queixo; então afrouxou o cinto da calça e a abaixou um pouco, mostrando as bordas de um slip escuro com desenhinhos azuis e porções de uma faixa de pelos pretos que lhe subiam do ventre para o peito; por fim, ergueu o queixo deixando a camisa cair, ajeitando-a cuidadosamente na calça enquanto passava uma das mãos na barriga e nas costas.

"Pronto", disse alegremente se dirigindo a Mara, "estou apresentável?"

Sentou-se à mesa e anunciou: bom apetite.

O jantar prosseguiu à custa de "como é bom, mas que chef requintado, excelente", expressões exclamativas alternadas com longos trechos de uma conversa extensa e meticulosa sobre antigos fragmentos de cerâmica que eles não conseguiam encontrar, mas que seriam indispensáveis à restauração — como só Micco sabia fazer — de algumas casas em Sermoneta. Depois apareceu o gato Suk — assim nos foi apresentado —, e Mara quis segurá-lo um pouco no colo: lindo, fofinho, doce. "Como vocês se entendem", Micco disse satisfeito, referindo-se ao gato e a Mara, e quis mostrar-lhe o percurso que o bicho fazia por uma cornija quando procurava gatinhas no quarteirão. Os dois foram até a janela, e eu os segui com o olhar. Mara pôs a cara para fora, ele também; que frio, brrr; Micco esfregou energicamente as costas dela com a mão. Logo em seguida, para indicar o caminho do gato, inclinou-se sobre ela apoiando uma parte do tórax largo e cheio em seu ombro. Desviei o olhar antes que Mara procurasse o meu.

Só por volta das onze, quando serviu a sobremesa feita com as próprias mãos, nosso anfitrião me perguntou de repente: "Você tem um dentista?", mostrando explicitamente que já sabia tudo sobre minha boca. Mirei o prato como se o doce me atraísse muito e então, voltando e me cobrir com o kleenex, falei a contragosto do dr. Gullo. Balançou a cabeça, quis olhar meus dentes. Mostrei o estrago. Ele levou a mão à carteira como se estivesse decidido a me dar o dinheiro necessário para resolver a situação; em vez disso, estendeu-me um cartão de visita: dr. Giuseppe Calandra, Via Salaria, 219. Ele o conhecia bem, eram amigos. Eu tinha de telefonar e dizer: é urgente, quem me indicou foi Mario Micco. Gentil e competentíssimo, ele o definiu. Não ousei perguntar quanto custava aquela competência, me limitei a agradecer e a pôr o cartão no bolso. Ele vai deixar tudo em ordem, você vai ver, me garantiu. Porém — acrescentou — não se assuste: Calandra tem um consultório que mais parece uma galeria dedicada aos males dos dentes. Então voltou a me examinar com um olhar superficial. Você fica melhor assim, comentou rindo, como o cafajeste que era.

Durante a volta para casa, ela repetiu várias vezes, cheia de entusiasmo: "Que bela noitada. Como jantamos bem. Mario Micco é realmente simpático". Isso enquanto eu mal conseguia conter a pergunta: "Como você teve a ideia de telefonar a esse cretino e contar tudo sobre meus dentes?".

Mara, por sua vez, dirigia um tanto distraída. Eram duas da madrugada, e muitos carros vinham de lá e de cá, guiados através do gelo da noite por jovens truculentos, com o toca-fitas em alto volume fazendo tunts, tunts. Os semáforos piscavam no amarelo, e cortávamos os cruzamentos arriscando fraturas de lataria e de ossos. Eu a sentia inquieta ao meu lado. Certamente se perguntava: está bancando o espirituoso ou fala a sério? Está furioso e faz de conta que nada?

Na verdade, nem mesmo eu sabia se estava bancando o espirituoso ou se estava furioso. Eu me sentia muito infeliz, isso sim, como se todo o tempo que me fora concedido tivesse passado e — entrevistas de trabalho à parte — eu não tivesse mais oportunidades. A certa altura, parei também de elogiar o jantar de Micco e fiquei em silêncio, de modo que Mara me perguntou irritada:

"E então? O que é que não está bem? Fale."

Por trás do tom agressivo, senti seu medo de que eu recomeçasse a atormentá-la, partindo como sempre de coisas mínimas, digamos, dos *fagioli all'uccelletto* de seu amigo. Estive tentado a fazê-lo, mas depois me contive. Tudo bem, falei, só estou com um pouco de dor nas gengivas, estão ficando inchadas; o lábio inferior também — olhe — está inflamado. Para completar, o tal de Gullo me deixou um tanto ansioso. Calei-me de novo, deixando uma frase pela metade.

Ela se irritou ainda mais, mas o que eu podia fazer? Vieram à minha mente os anos em que cada coisa que me agradava (o furo misterioso num muro, certos cheiros da rua, os pés que andavam sozinhos deixando-me em casa, a pluma encantada de um pombo, minha mãe) se transmudara de mágica em malmágica. Contiguidade das palavras mal ouvidas, mal faladas. Feitiçaria, magia de malmágicos e malvados. Mara, por exemplo: aquele seu "ma" era um retorno da magia boa ou se inserira em minha vida como a encarnação mais astuta da malmagia? Eu a sentia a vinte centímetros de distância e me espantava que estivesse tão próxima. O que é que eu sei dessa pessoa? — perguntava a mim mesmo. Se alguém me pedisse: "Descreva-a", eu saberia fazê-lo? Não, não saberia. Apenas algumas frases genéricas; nada mais.

Na cama, ela se entrincheirou polemicamente de seu lado, quase na beirada, a onda das cobertas puxada por cima da cabeça. No entanto, pouco depois, deslizou sobre os lençóis e se aqueceu junto a mim, os pés gelados sobre os meus, com um suspiro de alívio. Queria escutar minha voz, alguma coisa boa, assim dormiria tranquila. Não achei nada para dizer e murmurei a título de desculpa: "A boca, uuuh". Ela de novo se afastou, bruscamente, dizendo que eu tinha de ir depressa ao dentista. Então citou Micco: "Babalu, babalu, blut spot blut" e se virou para o outro lado com um movimento tão enérgico que provocou muitas correntes geladas. Minutos depois, estava dormindo.

Fiquei com os olhos bem abertos, no escuro. Fechei-os apenas uma vez, por teste, e logo vi Mario Micco abraçando Mara atrás da cortina da sala. Tornei a abri-los com desgosto: não, Mario Micco não.

4

No entanto, sim. Resisti durante toda a noite, mas cedi na manhã seguinte, enquanto diluía o nescafé na água quente e girava a colherinha distraído. Eu me sentia resfriado, de mau humor. Além disso, em vez de diminuírem, as dores na boca tinham aumentado, e o analgésico fazia pouco efeito. Bebi um gole e pensei traiçoeiramente: Mara está bem à vontade com Mario Micco; sente-se lisonjeada por sua amizade. Aquele foi o primeiro passo. Em seguida, disse a mim mesmo: se ontem à noite aquele sujeito ajeitou a camisa nas calças diante dela, quer dizer que entre eles havia uma cumplicidade que eu desconhecia.

Uma vez formulada tão detalhadamente a suspeita, é claro que me arrependi. Terminei o café depressa, me esforçando para pensar em outras coisas: meus três filhos, que eu não via tinha um bom tempo; ligar imediatamente para o tal Calandra e marcar uma consulta; a entrevista no dia seguinte; a possibilidade de mudar de trabalho. Mas sabia por experiência própria que agora o processo seguia seu curso. Sobre aquela imagem de Micco erguendo a barra da camisa, prendendo-a no peito com o queixo, arqueando os quadris, afrouxando a cintura, estufando o ventre e mostrando a faixa de pelos eu trabalharia nas horas e nos dias seguintes com um mal-estar crescente. Seria uma soma infinita de recaídas. Por mais que eu pudesse falar e fazer, acumularia detalhe sobre detalhe — a camisa, os pelos, a borda do slip — até que num estalo teria um ataque de nervos e submeteria Mara ao habitual teatro insuportável, depois de um preâmbulo falsamente pacato do tipo: "Precisamos conversar".

Já na rua, enquanto ia para o trabalho, tive a impressão, isolando alguns momentos da noite anterior, de que Micco houvesse buscado sob meus olhos, mas sem dar na vista, um contato confidencial, por exemplo: ora a agarrara sem necessidade pelo braço; ora lhe espanara mecanicamente o vestido sobre o ombro ou sobre um braço, como se tivesse visto ali alguma migalha; ora, aproveitando-se do frio, lhe esfregara as costas com sua mão horrível. De resto, em todas as ocasiões em que se dirigira a ela, pronunciara até a frase mais insignificante com ar cúmplice, inclinando o tronco em sua direção, espichando o pescoço, tentando bafejar as palavras sobre ela ao mesmo tempo que respirava seu hálito. Se lhe fosse possível — tive a certeza disso em poucos segundos —, gostaria de ter sussurrado no ouvido dela para evitar que eu escutasse.

E Mara? Ela sabia perfeitamente que eu tinha um olho muito atento a certas coisas. De modo que, pensando bem, toda vez que Micco lhe falara daquela maneira, ela imperceptivelmente se esquivara, se virara para o outro lado, respondera com ar distraído, até um tanto incomodada. Mas ostensivamente incomodada. Uma ostentação que ocultava o valor que dava às atenções do colega e revelava apenas a tensão pelo que suspeitava que eu estivesse captando, por aquilo sobre o que mais tarde — ela bem o sabia — eu teria ruminado e devaneado.

Senti que estava preocupada enquanto voltávamos para casa. Temia que eu tivesse colhido os sinais que eles inadvertidamente trocaram e que tivesse deduzido, como sempre, sabe-se lá o quê? Havia sido o temor de meus ciúmes furiosos que a deixara angustiada? Ou o medo de que eu obtivesse as provas não tanto de um hábito entre eles — ora, os dois se viam diariamente no escritório, um pouco de afinidade era normal; talvez fosse normal até que ela lhe telefonasse para desabafar, ansiosa pelo que fizera com meus dentes —, mas de alguma intimidade? Respirei fundo, a plenos pulmões. Assim passa, pensei; de resto, ou passa ou eu faço passar.

Na escola, não tive a oportunidade — ainda bem — de enveredar por aquela via odiosa. Trabalhei sem ânimo, escondendo a boca atrás de um kleenex e comentando com os poucos alunos presentes a frase: "É coisa dura a necessidade, coisa dura o pedir". É de imaginar o resultado. "É cofa -ura a nefefi-a-e", balbuciei contra o lenço de papel, "cofa -ura o pe-ir". Risinhos, desconforto. Ao final da aula, meninos e meninas me cercaram para ver de perto o que acontecera comigo. Uns me puxavam de cá, outros de lá. Falei: "Só um segundo". Abaixei o lenço e todos exclamaram: oh!

Durante o intervalo fui falar com Maria Ida, a secretária, para ver se ela me deixava usar o telefone. Como única resposta, me mostrou o boleto da companhia telefônica. "Que gastança", disse, como se eu fosse o responsável por aquela cifra exorbitante. E começou a listar, além do número inconcebível de ligações particulares a cargo do instituto, a pilhagem de canetas, resmas de papel, fitas adesivas, grampeadores, fitas para máquina de escrever, disquetes rígidos etc.; sem contar o sumiço dos volumes mais caros das estantes das bibliotecas e os furtos de painéis para exposições. Por fim, depois daquele desabafo, baixou o volume do rádio que mantinha sempre ligado e que naquele momento estava transmitindo notícias de miséria e massacres aqui e ali pelo mundo. "Tudo bem, pode telefonar", me disse, com um tom condescendente.

Fiquei constrangido: depois daquele sermão, não queria acrescentar minha chamada a tantos telefonemas abusivos. Mas Maria Ida insistiu: "Pode telefonar". Tinha cabelos grisalhos que não tingia, olheiras profundas, o lábio superior cada vez mais encrespado, mas um belo sorriso. Era uma mulher mal casada, com uma filharada decepcionante, e a tendência a falar mal de todos. Comigo, porém, sempre se mostrou paciente. Preenchia meus silêncios recorrendo a uma falação um tanto aflitiva, frequentemente me confidenciando com gosto, sem nenhuma contrapartida, certos assuntos íntimos: diarreias repentinas, furúnculos dolorosos, menstruações intermináveis, nódulos no seio. Não tinha um ar saudável, pensei, e então disse: um telefonema brevíssimo. Em pé, diante de sua escrivaninha, disquei o número do dr. Calandra. Depois de ter dito: Mario Micco, que dor, é urgente, estou com muita dor, obtive uma consulta para aquela tarde.

"O que foi que aconteceu?", logo perguntou Maria Ida, com solicitude muito exagerada.

Olhei para ela — a testa, os olhos, o nariz — e respondi falando com dificuldade contra o kleenex:

"Quebrei os dentes. Não consigo pronunciar nem meu nome."

Expliquei agitando a mão como num corte, para cima e para baixo: ah, como dói. Ela quis que eu fosse para perto da janela, onde havia mais luz. Forçou-me a afastar o kleenex e fixou minha boca com entusiasmo de enfermeira.

"Coitadinho", disse com pena de mim, mas acrescentou que já tinha visto coisa bem pior, mencionando duas ou três situações tenebrosas: por exemplo, quando seu filho mais velho tinha caído da bicicleta; por exemplo, quando uma amiga sua foi espancada por um cara a quem ela se negara a dar a bolsa, embora ele a ameaçasse com uma seringa. Tinha um monte de coisas a contar sobre o assunto, mas desistiu e logo exclamou: "Achei, achei". Segundo ela, minha gengiva doía tanto porque a lasca de alguma coisa se encravara no alto, sob o lábio superior. "Aqui", me disse, e quis tentar extraí-la com as unhas. Eu me furtei, sacudindo a cabeça com vigor. Mas ela zac, me arranhou a gengiva.

"Está melhor?", perguntou, convencida de que fizera num piscar de olhos uma intervenção definitiva.

Respondi que sim, olhando os dedos que ela enfiara em minha boca. Tinha unhas largas, chatas e arroxeadas. De todo modo, queria agradecer a ela pela atenção afetuosa, sem repulsa pelas misérias dos corpos, quando tive uma fulguração que me distraiu. "O gato Suk", pensei. O gato de Mario Micco tinha ido se aninhar no colo de Mara com muita segurança, como se a visse dia sim, dia não. Foi por acaso? Ou por frequentação assídua? Em que ocasiões aquele gato miserável adquirira tanta familiaridade com Mara? Micco levava o gato ao escritório? Ou era ela que ia à casa daquele homem sem me dizer nada?

5

Na Via Salaria, 219, encontrei uma grande placa com nome, sobrenome e especialidade do dr. Calandra. Vi como o latão estava lustroso, como o edifício era monumental, como a entrada era impecável desde a medusa sobre o portal de três metros de altura, e logo vacilei. Mas a boca doía apesar dos quatro comprimidos de analgésico que eu engolira ao longo do dia, e para piorar a tramontana gelava a cidade, de modo que falei a mim mesmo:

"Ânimo! No máximo, dou meia-volta e desapareço."

Um porteiro pernóstico me esquadrinhou da cabeça aos pés e então acenou com o indicador na direção das escadas: sala 9. Subi quatro andares num elevador que era uma peça de museu bem conservada. Toquei a campainha e uma velha vestida de preto, touca e avental brancos, cabelos grisalhos, me abriu a porta. Nunca tinha visto algo do gênero num consultório odontológico. Logo entendi que a tarefa daquela anciã vestida de camareira do início do século era simplesmente me dizer "Por favor, acomode-se" e me acompanhar ao longo do corredor até um aposento amplo, provido de aquecedores escaldantes. O ambiente era decorado com poltronas e sofás do *Settecento*, repleto de gravuras nas paredes. Aonde Mario Micco me mandara?

Quando fui deixado sozinho, não ousei me sentar naqueles móveis preciosos. Comecei a examinar as gravuras uma a uma. Claro, eram bem emolduradas; mas como era possível oferecer aos olhos de pacientes com dor tantos sinais de sofrimento dentário? Vi muitas coisas terríveis, ilustradas com precisão didática. Vi um crânio do qual, sem motivo, duas mãos hábeis estavam escavando o tártaro com espelho e raspador. Vi instrumentos em formato de escalpelo ou de foice. Vi uma bela mulher, com vestimentas de início do século XX, deformada pelo inchaço de um cisto no maxilar superior. Vi fresas em forma de roseta, de roda, de cone invertido, de pera. Vi pontas de broca em feição de flecha, de espátula, de pentágono. Vi a pinça para os molares inferiores, fabricada por Ash & Sons, de Londres. Vi as pequenas limas para canais radiculares, anzoladas, serrilhadas, em cauda de rato. Vi uma broca movida a corda, com suporte de parede, que parecia um elegante animal de outros tempos, belo e infiel como uma víbora cruzada. Vi como se talhava e se descolava uma gengiva para raspar o mal que ela escondia. E senti uma pontada tão violenta sob o septo nasal que soltei em voz alta: ai!

Somente quando, incapaz de manter os olhos fechados, me inclinei para examinar vários tipos de falsas pontes fixas, relaxei um pouco. Ao contemplar mandíbulas dentadas, coroas e pinos, me veio à mente o tio Nino. Vi sua boca bem viva entre os desenhos macabros pendurados nas paredes. Quando aos nove anos tentei arrebentar todos os dentes (um golpe firme no ladrilho, como eu disse: snock), foi ele, o irmão de minha mãe, quem me inspirou aquela ação automutiladora. Sem querer, é claro. Ou melhor: se lhe tivesse confessado o plano que eu concebera, com certeza ele teria desaconselhado aquele gesto preliminar. Mas não lhe disse nada.

Eu era muito apegado a esse tio. Ele morava com a gente e, aos meus olhos, era muito bonito. Muitas mulheres também deviam achar o mesmo, já que ele guardava na carteira fotos de inúmeras namoradas, além de pelos de várias cores. Frequentemente me mostrava fotos e pelos, pelos e fotos, tanto que por um bom tempo pensei que as mulheres tivessem a obrigação de presentear os rapazotes, junto com alguma imagem delas, algum pelinho que arrancavam daqui ou dali. Uma em particular, chamada Raimonda, lhe dera mais pelos que fotos. Uma bela moça. Sorria numa foto três por quatro toda contente. Eu a imaginava lisa como a presa de um elefante, e todo dia meu tio me mostrava um envelope de papel translúcido dizendo: "Olhe aqui os pelos de Raimonda". Ou pelo menos lá, no dentista Calandra, percebi que ele o fazia continuamente, como um disco arranhado: três, cinco, sete, um monte de vezes.

Era marinheiro. Subia nos mastros mais altos, içava a âncora para zarpar, tinha na mesinha de cabeceira uma foto de si mesmo em uniforme azul e chapéu branco na cabeça. Uma vez me levou para visitar seu navio, mas daquele dia só me lembro da corrente da âncora. Era feita com uns anéis do tamanho de minha cabeça, me explicou, e, para fazer o teste, queria que eu metesse a cabeça num dos anéis, mas eu não quis, recusei com medo de não conseguir nunca mais tirá-la dali e ficar para sempre com o anel no pescoço, pendurado, entre o furo da saída da corrente e o ponto em que ela sumia na água. Aquele objeto robusto, me disse, servia para puxar para cima uma âncora tão alta quanto um sobrado de dois andares. Meu tio a puxava com os braços, e a âncora subia do fundo do mar, toda carregada de algas gotejantes. "Toque o músculo", me dizia, contraindo um bíceps onde tinha uma sereia tatuada. Eu tocava. Era um músculo de força extraordinária. Podia puxar uma âncora e até todo o fundo do mar, com suas pedras e os tesouros de navios afundados.

Meu tio era forte, sim, além de bonito, e tinha muitas habilidades. Por exemplo, fazia esculturas de metal. Havia esculpido um homem robusto, de pernas largas e um punho erguido. Sobre o punho se apoiava uma bailarina de circo equestre, ela também de metal, com os pés unidos em ponta, que erguia com os dois braços bem no alto uma barra da qual pendiam, penduradas num arame, duas esferas de latão, uma de cada lado. "Para o equilíbrio", me explicava. De fato, a bailarina se equilibrava sobre o punho do brutamontes e girava a um leve toque. Eu me encantava mais por ela do que pelo homem: bonita, devia ter dado ao tio Nino pelos e fotos. Ele ria, dizia não, a bailarina não, ela não lhe dera nada. Ria com uma grande risada, mostrando todos os dentes.

E aqui chegamos ao ponto. Entre os dentes regulares e branquíssimos, ele tinha uma coroa de aço que lhe cobria um incisivo e cintilava quando batia o sol. Ela crescera no lugar de um dente quebrado por uns marinheiros inimigos dele. "Com este dente de aço eu corto até a corrente da âncora", me dizia, batendo nele com a unha do indicador, depois de soltá-lo com força do polegar. Eu acreditava. Meu pai, não; mas porque tinha ciúmes de sua beleza. Me dizia: "Deixe o Nino para lá, é um ignorante". Mas eu estava sempre atrás dele. Sonhava em arrebentar todos os dentes e depois esperar que crescessem os de aço, como o de meu tio. Naquela época, eu queria fugir com um circo itinerante e cortar correntes e âncoras a mordidas.

Dei-me conta de que a gengiva estava sangrando e suspirei de arrependimento. Talvez eu tivesse errado ao entrar no consultório do dr. Calandra sem ter disposição ao sofrimento, sem ter dinheiro suficiente, no fundo só para contemplar pontes dentárias cujos nomes se pareciam com a do Brooklyn: ponte de Winder, ponte de Lepkowski. Joguei numa cesta de lixo o kleenex sujo de sangue, cobri a boca com um novo lenço de papel e já estava pegando uma revista que trazia o necessário para aventuras incríveis de mergulho submarino quando entrou uma jovem toda empertigada, cor de lousa da cabeça aos pés, maquiada com discrição. O único elemento destoante: mascava chiclete de boca aberta.

Fiquei de pé, ela não me disse: "Esteja à vontade". Apenas perguntou, mas já sabendo a resposta: "Tem consulta marcada?". Respondi que sim, soprando em seguida meu nome contra o kleenex. Ela me explicou com um tom distante que o doutor tivera uma manhã cheia de contratempos, era necessário aguardar um pouco: meia hora, uma hora no máximo. Estava atrasado com o itinerário (falou precisamente assim: com o itinerário). No entanto, se eu tivesse compromissos urgentes e precisasse desmarcar, havia espaço livre na agenda para dali a uma semana: manhã, tarde, quando fosse melhor para mim.

"Seria muito tarde", murmurei: eu tinha uma entrevista de trabalho que poderia mudar minha vida, não queria ir embora no estado em que estava. Depois, convencido por seu tom frio de que ela também era dentista, uma assistente, mostrei-lhe a boca afastando o kleenex. No entanto, em vez de olhar, a jovem fechou imediatamente os olhos, fazendo um gesto com a mão como se dissesse: xô, xô. Tornei a cobrir a boca um tanto humilhado e me justifiquei, apontando as gravuras: "Ali tem coisa pior". Não mudou de ideia. Sempre de olhos fechados, replicou meio histérica: "O senhor deve mostrar a boca ao dentista, não a mim".

Pedi desculpas. Respondeu antipática: não há de quê, e me perguntou se já podia abrir os olhos sem risco. Eu a tranquilizei e expliquei balbuciando que o doutor tinha sido recomendado a mim por Mario Micco, um querido amigo. Falei para que ela entendesse que eu não era um paciente de passagem e que devia ser tratado com um pouco de respeito. O efeito foi muito superior às expectativas. A garota abandonou definitivamente a postura profissional e arregalou os olhos de contentamento.

"Oh, mãe do céu."

"O que foi?"

"O dr. Micco?", indagou, saboreando a pronúncia daquele sobrenome como se fosse uma palavra encantada.

"Sim."

Repetiu oh, mãe do céu, e procurou se informar:

"Como está, como está?"

Começou a tecer-lhe elogios: um homem tão educado, todas as vezes puxava conversa com ela e lhe contava coisas muito espirituosas; e nunca se esquecia da latinha de alcaçuz Tabu, sempre despejava um pouco na palma de sua mão.

"Gosta de alcaçuz?", balbuciei, enquanto descobria que todo aquele interesse por Micco mais me irritava que dava prazer.

Não, de alcaçuz, não. Soube que ela gostava sobretudo do barulho que fazia dentro da lata. Imitou o som, transformando-se cada vez mais numa meninona alegre e tagarela. Mario Micco fazia a tampa girar até chegar ao furo de saída; depois pegava o dorso de sua mão e o alcaçuz chovia em sua palma sem moderação. Assim.

Pensei em Mara. Será que ela também falava daquele jeito sobre seu colega de trabalho? Enquanto a garota me ilustrava aquela operação banal como se fosse sei lá o quê, compreendi com espanto que, mais que as balas Tabu com seu chiado, o que a fascinava era Mario Micco. Será possível? Uma mulher tão jovem, tão bem maquiada, mascadora de chiclete? Entusiasmada não por um *rock star*, mas por um homem sem graça como aquele Micco? Descobri que não queria permanecer naquele lugar nem um minuto a mais. Falei decidido:

"Estou indo, tenho muitos compromissos. Vou ligar para marcar outra consulta."

"Eu mesma posso marcar agora", me propôs, mas distraída, sem consideração.

"Eu ligo", repeti, pressionando o lenço de papel contra a boca.

"Então mande lembranças ao dr. Micco", me pediu.

Claro, pensei. Imagine. Esperava não topar com ele nunca mais. E, se bem que a gengiva me doesse ainda mais depois da intervenção das unhas de Maria Ida, agora meu único objetivo era me afastar depressa daquele local. Micco: nunca suspeitaria que pudesse agradar às mulheres. Será que dessa vez não se tratava de mais uma das minhas obsessões, mas ele de fato atraiu Mara também?

A garota estava para abrir a porta da sala de espera quando parou.

"Com certeza o senhor tem urgência", disse com repentina compaixão por meu estado. "Se tem urgência", insistiu, "marco agora mesmo uma consulta para depois de amanhã."

Declarei enfático:

"Posso esperar."

Não: ela queria me ajudar; naturalmente, para ser simpática a Micco. Talvez — cogitou — o dr. Calandra não tivesse entendido de quem eu era amigo. Fez um estalo com a goma de mascar na boca, pediu que eu esperasse um instante e saiu da sala.

Fiquei sozinho, me deixei arriar no sofá do *Settecento* que rangeu e fechei os olhos para não ver de novo as gravuras. Só os reabri quando escutei o ruído da maçaneta.

"Venha", disse a garota, "o doutor irá atendê-lo."

Balbuciei que não, que já estava tarde para mim: voltaria em outra oportunidade. Foi inútil. Atrás dela apareceu um homem de jaleco branco: fronte ampla e protuberante, bochechas de mastim napolitano.

"Entre", convidou-me jovial, "assim já vemos o que se pode fazer."

E me explicou que estava assoberbado; corre daqui, corre dali; mas daria de bom grado uma olhada no amigo de Mario Micco.

"Cinco minutos", me disse, "depois preciso sair depressa."

Acompanhei-o desanimado. Após um pequeno vestíbulo, me vi dentro do consultório, uma grande sala de teto muito alto, desimpedida, limpíssima, percorrida dos dois lados por uma prateleira de mármore cheia de instrumentos. Calandra fez sinal para que eu me sentasse numa antiga poltrona de couro preto.

"Nada de medo", me tranquilizou enquanto calçava as luvas de látex.

Não retruquei. Apenas quando ele pôs uma máscara, falei com firmeza:

"Nunca tive medo de dentistas. Eu odeio meus dentes. Quanto antes os arrancarem, melhor."

Calandra me encarou com olhos perplexos.

"Qual é o problema com eles?"

Dei um risinho embaraçado.

"Chegaram de surpresa, e não esperava que fossem assim. Eu era um menino bonito. Estes dentes destruíram minhas feições."

"Deixe-me ver."

Não abri simplesmente a boca; escancarei-a com uma espécie de rugido raivoso: roar. Queria revelar a ele uma arcada acabada, mas ainda assim temível, como era desde meus sete anos de idade; e ao mesmo tempo comunicar-lhe: "Cuidado com o que vai fazer com essas mãos: lhe arranco os dedos".

Ele se aproximou com cautela.

"Umbé", eu o ouvi murmurar do fundo da garganta, entre o suspiro e a exclamação. "Não são dentes feios. Prognatismo, isso sim. E bem grandes. E não tratados. Os maxilares são enormes. Quem quebrou seus incisivos? É preciso uma energia notável para quebrar dentes tão robustos." Recuou e pediu: "Cuspa".

Cuspi na pequena bacia circular. Calandra me fez abrir a boca de novo e dessa vez começou a torturar não meus dentes, mas a gengiva. "Umbé", recomeçou a exclamar, "umbé", com surpresa, como se se indagasse mentalmente e depois respondesse com aquele som obscuro.

"Tem filhos?", perguntou a certo ponto.

"Argh", respondi.

"Eles também têm dentes assim?"

Sacudi a cabeça decidido:

"Argh!"

Ele recuou de novo e tornou a me pedir: "Cuspa". Cuspi sangue. Ele apontou a bacia para mim: "Está vendo?", disse. "Se eu fosse o senhor, não seria tão negligente assim." Então acrescentou, referindo-se à gengiva inflamada: "Nessa polpa, pode-se esconder de tudo".

"O quê?", perguntei.

Ele também? O mesmo que Gullo? Então era verdade que algo em minha boca tinha se estragado sem que eu percebesse?

"De tudo", repetiu um tanto misterioso.

"É coisa grave?"

Balançou a cabeça, mas sem especificar se o fazia para dizer não ou pela desolação diante de um pobre homem sem esperança.

"Já fez radiografias?"

"Não."

Foi até a escrivaninha e me prescreveu não sei o quê: um pela manhã e um à noite, disse. Então olhou na agenda, maldizendo a secretária que não fazia seu trabalho direito.

"Venha depois de amanhã às dezesseis", ordenou.

"Doutor", insisti, "o que é que eu tenho?"

"Nada", respondeu divertido. E então acrescentou de modo contraditório: "Para tudo há remédio".

Remediar, sim. Pôr entre mim e aquelas palavras dele algo que me impedisse de entrar em alarme.

"Quanto lhe devo?", perguntei inseguro.

Ele me observou, irônico. Talvez eu devesse tratar de dinheiro com a secretária, não sei: esses médicos pretensiosos fingem que trabalham de graça.

"Umbé", disse depois de alguns segundos. "Falemos disso mais adiante. O senhor não é amigo de Micco? Ótima pessoa, um artista. Venha depois de amanhã e vamos fazer as radiografias. Assim teremos mais clareza." Então deu uma risadinha: "Se for o caso, descolo sua gengiva — num instante — e descobrimos o que se esconde nessa bela bocarra de tubarão".

Fiquei horrorizado e agradeci. Atravessei o vestíbulo, segui pelo corredor a passos rápidos, desviei-me da velha camareira que cochilava num canto e abri sozinho a porta que dava para as escadas. Umbé — exclamei, precipitando-me pelos degraus sem esperar o elevador. Sentia a ansiedade crescer e não sabia como bloqueá-la. Uma vez na rua, tentei me concentrar letra após letra na inscrição que atravessava o edifício da frente: *pax intrantibus — salus exeuntibus.** O vento gelado fez meus olhos lacrimejarem: castigava os pinheiros raquíticos plantados no canteiro central, levantava papéis, fazia correr uma faixa de nuvens roxas entre os prédios. Descolar minha gengiva? Para ver o quê? "Este país", murmurei, "é cheio de gente perigosa."

Mal tinha acabado de dizer, e alguma coisa caiu do alto: pedacinhos de reboco; ou uma bolinha de papel, ou uma goma de mascar. Levantei os olhos para ver se tinha sido o vento ou não. Percebi a secretária de Calandra na janela, gritando para mim em meio à tramontana:

"Não se esqueça de mandar lembranças ao dr. Micco."

Atravessei a rua sem sequer lhe fazer um gesto de concordância.

---

* "Paz aos que entram, salvação aos que saem", sentença latina que costumava ser inscrita na entrada de mosteiros beneditinos. [N.T.]

6

Depois de passar na farmácia, entrei num bar e, para engolir o comprimido prescrito por Calandra, pedi uma infusão de tília.

Calma. Eu estava ótimo: não deixaria minha gengiva ser descolada pelo primeiro que aparecesse, muito menos por um amigo de Mario Micco. Calandra esperava aumentar minha despesa revirando-me a boca toda, mas nada de medo, bastava esquivar-se. Eu só precisava de um dentista que me ajeitasse da melhor forma possível o furo na boca. Descolar a gengiva coisa nenhuma. Sem falar daquela alusão aos dentes de meus filhos. Meti um triângulo de língua no espaço vazio dos incisivos centrais e contemplei meu rosto no espelho, entre as garrafas de destilados. A mulher atrás do balcão, ocupada em injetar vapor na água para a infusão, lançou-me uma mirada de curiosidade, mas logo voltou os olhos para a jarra. Eu retraí a língua.

"Os filhos", disse a mim mesmo, "vamos deixá-los fora disso."

Entretanto, passei pelo menos uma hora naquele bar pensando neles e nas coisas ruins que viveriam se crescessem como eu. Quando Cinzia ficou grávida pela primeira vez, perguntei a ela apontando para minha boca: "E se nasce um com os dentes assim?". Ela respondeu: "E daí? Qual o problema?". Eu tentava explicar: o rosto deturpado, a feiura, a maldade que lhe nasce por dentro, a crueldade dos outros meninos: como ela não entendia? Dentuço, dentado, dentildo. Desde os sete anos me chamavam por apelidos desse tipo, existentes ou inventados. Quando eu escancarava a boca de raiva, meus colegas escapavam daqui e dali gritando com falso horror: "O hipopótamo! O crocodilo!". Cinzia ria ao ouvir esses relatos. Segundo ela, meus dentes eram bonitos; além disso, estava muito contente por estar grávida: por isso minimizava. Mas eu sabia como tinha sido minha vida. Dominada pela malmagia.

Beberiquei a infusão: a cada gole, passava a ponta da língua nas lascas dos incisivos e recordava. Meu tio Nino, por exemplo, me aconselhara o que responder quando, no campo debaixo de casa onde íamos brincar, meus colegas me chamassem com aqueles apelidos feios. Me disse tudo, palavra por palavra: as pausas, os pontos de interrogação, os de exclamação. Era algo pesado, sem alusões sutis. Primeiro eu deveria mostrar as fauces e dizer: "Estão vendo aqui estes dentes?", toda a arcada em sua máxima evidência, sem escondê-la com a mão, como me habituara a fazer por vergonha. Depois, uma vez enfileiradas as presas, deveria gritar: "Com estes dentes…". Pausa sapiente. Então, com nitidez: com estes dentes, se vocês não pararem, vou morder o sexo peludo de suas mães. Sim, em fila, uma mãe depois da outra, assim: zac, zac, zac!

"Diga a eles", me encorajava o tio Nino, persuasivo. Se eu tivesse dito aquela frase, teria surtido mais efeito que um abracadabra. Confusão nas linhas inimigas, desconcerto garantido. Mas nunca pronunciei nenhuma palavra assim. "Agora eu vou dizer", pensava, quando surgia uma ocasião. Mas não, era agressiva demais. Já me parecia suficiente trazer na boca aquela dentadura de besta feroz: não queria piorar a situação proferindo palavras violentas contra as mães dos outros. Ao contrário, já que aqueles dentes me mordiam por dentro, causando-me raivas e fúrias silenciosas cheias de crueldades imaginárias, queria contrabalançar a má sorte pronunciando apenas palavras gentis a todos, especialmente às mulheres e às mães. Coisas do tipo: por favor, por gentileza, de nada, com licença, obrigado. Já tio Nino só conhecia estratégias em que até a cortesia era somente uma passagem visando a dizer e fazer o pior com as mulheres, mães ou não.

Por exemplo, a certa altura decidiu me ensinar a dançar tango, habilidade necessária — ele dizia — se eu quisesse que elas se apaixonassem por mim. Colocava no pino do gramofone um disco muito batido, *La cumparsita*, e me explicava como se convida uma dama para a dança. Para isso, me fazia sentar num canto e depois ia correndo pôr a agulha no sulco. Logo em seguida, enquanto *La cumparsita* se difundia pelo ambiente entre cracks e rasks, voltava depressa todo compenetrado, refazendo a música do tango com a boca, a garganta entusiástica: tarán — tarán — tarattarán. Então se inclinava, me obrigava a me levantar, agarrava minha cintura e me fazia dançar pela sala sobre seus pés, com grande habilidade.

"O polegar", me ensinava. Eu devia segurar a dama delicadamente pela mão com minha esquerda: já a direita — a direita! —, devia apoiá-la a um palmo das nádegas. "A bunda", me explicava com paixão contida. Mas — me advertia — eu devia tirar da cabeça a ideia de apoiar os dedos naquele lugar sensível. Era preciso dar à dama a impressão de ser um bailarino confiável, desses bem-educados, que não se aproveitam da dança para tocá-la em público onde não se deve e deixá-la constrangida diante de todos: pais, irmãos, namorado, marido. Confiança acima de tudo. Por isso, o polegar, somente o polegar devia apoiar-se no vestido da mulher, no nível da cintura, enquanto os outros dedos deviam permanecer esticados no ar, distantes da bunda, para mostrar: vejam como sou uma pessoinha comportada.

Eu dizia sim, aquela gentileza me agradava muito. Então meu tio Nino se deixava enlaçar como se fosse a dama, e eu punha o polegar sobre seu quadril, como ele me ensinara. Então prosseguíamos com os passos: um pra cá, dois pra lá, tarán.

Como dançarino eu era mais ou menos, escutava pouco a música. De todo modo — ele me consolava —, o objetivo da dança não era ouvir a música. O objetivo da dança era sentir a dama e sobretudo agir de maneira que ela nos sentisse. Assim. Com a perna. "A perna deve afundar!", gritava para mim. O que eu devia fazer? Onde metia minha perna? De banda? Então não tinha explicado direito. Ele me repetia pela última vez: enquanto eu segurava a dama pelo polegar apoiado de leve na cintura; enquanto mantinha os outros quatro dedos bem erguidos para mostrar: vejam como sou uma pessoinha comportada, eu devia afundar minha coxa entre as coxas da bailarina, assim, decidido, veloz, furtivo, tarán-tarán.

Segundo ele, as mulheres enlouqueciam quando ele usava a perna daquele modo. Em certos bailes domésticos que ele promovia, me mostrava a técnica piscando o olho para mim. Uma vez piscou o olho e me mostrou a técnica com uma mocinha que eu amava em segredo, Anna Scardone, de minha sala no sexto ano, mas que parecia minha mãe. A gente se dava bem, e ela frequentemente me aconselhava: lime os dentes, você ficaria ótimo com os dentes limados. Eu a convidara planejando dançar *La cumparsita* com ela, por fora da dança dos adultos, e os pais a deixaram ir acreditando que ela brincaria de dançar comigo. Mas não. Ela dançou de verdade, e com o tio Nino.

Fiquei vendo os dois dançarem a noite inteira, uma dupla perfeita, e o dente metálico dele cintilava, e os olhos dela. Não podia acreditar que Anna Scardone deixasse que um desconhecido enfiasse a perna entre as suas daquele jeito, ainda mais um adulto. Tio Nino era quinze anos mais velho que nós dois: eu o observava, estarrecido e magoado. Imaginava as mordidas que ele dava no sexo das mulheres com seu dente de metal e sentia admiração, inveja, horror. Era alguém que, se lhe desse na telha, não hesitava: cravava os dentes não no inimigo, mas na mãe do inimigo, e entre as pernas. Quanto a mim, não conseguia nem mesmo conceber aquele propósito. Parecia-me uma operação torpe, ofensiva para as mães, perigosa, porque entre outras coisas me custaria surras fenomenais dadas por seus filhos. Que ânsia. "Já basta eu", dizia para Cinzia, grávida pela primeira vez. Não queria me ver duplicado nos filhos.

Decidi ligar para minha mulher e saber se eu podia visitar as crianças. Ela inesperadamente disse que sim: já era hora de você se lembrar delas; faz quatro meses que não aparece; nem mesmo um delinquente se comporta assim.

O que responder? Toda vez que eu passava em casa acabava em tragédia: tinha sido justamente por amor às crianças que aos poucos fui rareando as visitas. Mas ai se eu me justificasse assim, ela teria considerado uma mentira. Então tentei fazê-la entender com frases cautelosas que eu não era um delinquente sem coração, que ela também tinha suas culpas. "Telefonei várias vezes. Você não se lembra. Mas telefonei. No entanto você." A cada sílaba temendo que ela se irritasse, que mudasse de ideia por causa da raiva e me dissesse: não, nada de visita. Um não argumentado, obviamente. Ela não dava trégua: as crianças, você não vê mais; não posso permitir que sofram; ou está presente de modo estável ou não está; nada de meios-termos; não pode aparecer quando lhe dá vontade, fácil demais; os filhos têm necessidade de segurança; volte para casa e os verá; ou Mara, ou eles; do contrário, nada; e, se insistir, faço que nem Medeia: se lembra de Medeia?, e até pior; vou chorar, ah, vou chorar; mas o essencial é que você não sorria. No entanto, naquela ocasião Cinzia me deixou falar por uma quantidade de segundos, só me interrompendo umas duas vezes com "Sim, como não? Verdade?", e depois desligou sem sequer me dar tchau. Entrei no carro e cheguei ao largo Preneste sem nenhuma pressa. Quanto mais me aproximava da meta, mais me sentia nervoso. As crianças mudam de um dia para o outro. Depois de quatro meses, temia não reconhecê-las mais.

Toquei, Giovanni abriu; dois passos atrás dele estavam Sandra e Michela, os olhos brilhando na penumbra. Estavam às suas costas não por escolha, mas porque ele, que era o primogênito, certamente as obrigara a isso com chutes e empurrões. Notei que ele havia espichado e estava com joelhos pontudos, o nariz maior. Assim que me viu, disse apenas com um tremor nos lábios semelhante ao que tomava sua mãe quando se emocionava:

"Preciso fazer minhas tarefas."

Já as duas meninas gritaram uma de cada vez, com uma pequena defasagem:

"Está sem dentes."

Cobri a boca com a direita, mas Giovanni, que já tinha se virado e corrido para o quarto, voltou atrás e perguntou, mais interessado:

"Você trocou socos com alguém?" Respondi que sim.

"Deram umas boas em você", constatou, tirando minha mão da boca.

Respondi que sim.

"E você devolveu?", perguntou cético.

Respondi que sim e não. Então, sem aviso prévio, apenas acompanhado de um hum, pulei em cima dele, agarrei-o pela cintura e rolamos no chão entre os gritos entusiasmados das meninas.

As lutas que antes fazíamos na cama de manhã, nós quatro, pancadas às cegas. "Foi exatamente assim", falei ofegante, esmagando seu nariz com o meu enquanto o imobilizava debaixo de mim. Inútil, ele se debatia para escapar, era uma enguia. Deu-me um soco ossudo numa orelha. "Assim?", perguntou todo contente. Gritei: "Pior, muito pior", tentando agarrá-lo pelos braços. Não consegui e recebi outro golpe, que me deixou surdo por uns dois segundos. Não só: logo em seguida tentou me cegar enfiando o médio e o indicador em minhas órbitas. Pedi socorro: "Sandra, Michela! Pra cima!".

As meninas ficaram paralisadas. Perguntaram juntas: "Pra cima de quem?". Giovanni gritou: "Pra cima dele!", e as duas se lançaram com todo o peso do corpo contra mim, a primeira na cabeça, a segunda nos testículos. Fiquei sem fôlego. "Trégua", ronquei. Recusaram: que trégua? Sandra agora me puxava os cabelos, e Michela — ai, não — tentava mordiscar minha barriga. Enquanto isso, com uma das mãos, Giovanni buscava esmagar meu nariz, com a outra continuava me batendo na orelha, um murro atrás do outro, gritando:

"Tome! Receba este! Está bom assim?"

Supliquei:

"Trégua."

Trégua, por favor!

Naquele momento, Cinzia apareceu da cozinha e disse:

"Olhe, se você veio para bancar o idiota, é melhor ir embora."

Tentei me levantar, afastando Sandra com a mão. "Estávamos fazendo a luta greco-romana", me justifiquei, buscando afastar a menina, que continuava puxando meus cabelos com toda a força, ah, que dor. Mas o fiz sem energia, para retardar o instante em que o contato cessaria, e então Cinzia desapareceu furiosa. Temi que ela começasse um de seus ataques e gritei: estou indo!, afastando de novo Sandra, frouxamente. Minha filha puxava sem dó, parecia querer me escalpelar, mas eu não tinha vontade de sair dali. Ela, Giovanni, Michela: não os sentia em cima de mim fazia tempo. Pertenciam a dias suspensos, a um antes que havia perdido toda continuidade com minha vida de agora e parara como a respiração nos pulmões. Às vezes, ouvia a voz deles na rua e me virava, mas eram as vozes de filhos alheios. "Giovanni", pensava, me virando num impulso, e não era ele. Tragado para longe. Como agora. Com um leve atraso, devia estar voltando à memória de meu filho homem e primogênito, nove anos, menos de trinta quilos, um metro e trinta e cinco de altura, o sofrimento de sua mãe, e se retraía logo. No ponto em que me agarrava a ele, agora eu sentia um gelo, como se alguém tivesse aberto uma janela e a tramontana golpeasse bem ali.

Michela também se levantou com a mão na boca, como se tivesse visto algo espantoso, e recuou dois passos para me olhar estirado no piso, todo em desordem. E Sandra — senti — estava soltando meus cabelos. Tentei dizer:

"Não, pode puxar mais, são de borracha. Puxe e eu lhe mostro como se espicham."

Que nada. A menina largou meus cabelos, que secaram em minha cabeça como na dos mortos.

Chega de luta greco-romana. Levantei-me com a orelha roxa, um arranhão no nariz e a barriga dolorida. "Estou em frangalhos", murmurei, "preciso do elixir milagroso." O que cura todas as feridas — busquei recordar às meninas, tentando um último contato, a intervenção da enfermagem. Sempre me davam um pouco ao final das lutas, para que eu me renovasse: bastava um gole e eu ressurgia. Mas não se moveram. Então ajeitei o cabelo e puxei a camisa para ver o que Michela havia feito em minha barriga. Descobri que trazia o sinal de seus dentes em torno do umbigo. Eram marcas de presas largas e espessas.

"Venha aqui", lhe falei.

Ela se aproximou incerta, a mão na boca com os dedos cerrados, polegar sobre o nariz; talvez temesse que eu rompesse a trégua de repente e a agarrasse numa outra luta. Afastei a mão dela e examinei sua boca. Não tinha mais os dentinhos de antigamente, os novos eram bem grandes. E não tendiam a avançar como os meus? Ou eu estava exagerando? O que era aquele bico de marfim que em tão pouco tempo estragara o rosto da menina? Oh, maldição. Em minha ausência lhe acontecera algo de definitivo, gengivas enormes pressionavam seus lábios. Lá estava, despontando, a dentadura permanente. Os maxilares estavam inchados, inchados, inchados. Daqui a pouco os irmãos seriam os primeiros a dizer: dentuça. Depois viriam os colegas da escola. Por fim, todas as crianças do largo Preneste, com gritos mais altos que os chiados do bonde. E ela começaria a interrogar o espelho. E depois passaria a ranger ansiosa as arcadas no sono. E o corpo se tornaria uma máquina carregada de medo e rebelião. Oh, maldição. Lembrava de mim, de como começara a cultivar imagens de massacre e sangue já por volta dos oito anos: fazer em pedaços, dack, dack, dack, matar a mordidas; depois, como corretivo, o desejo de gentileza. Da garganta me nascia um culto pelas palavras polidas: em pouco tempo tinha me transformado num híbrido de violência reprimida e boa educação.

Michela também seguiria esse mesmo percurso? Giovanni tinha vindo com dentes regulares, do tipo da mãe. Em Sandra haviam despontado uns dentinhos brancos, perfeitos. Mas e Michela? Os dentes novos, que eu agora estava examinando, eram placas megalíticas desconexas numa paisagem delicada de olhos avelã e cabelos castanhos. Estavam lacerando seu rosto com maldade. Que mecanismos se ocultam em tocaia no corpo, os cromossomos que nos perseguem como cães raivosos. Disse a ela com esforço: "Bonitos. Que lindos dentes você tem!". Mérito da fada. Muito bem, fada. Tinha levado embora os antigos e fizera os novos despontar. Uma maravilha.

Fui à cozinha ver Cinzia e a encontrei afastando móveis com ar maroto.

"Temos um camundongo em casa", disse.

Sarcasmo? Olhei-a incerto, não confiava mais nela. Antigamente era tão límpida e benévola; agora, quando eu ia para casa, fazia coisas bizarras para me assustar. Por outro lado, visto que ela insistia naqueles deslocamentos com uma energia que lhe congestionava o rosto, fingi que não era nada e me ofereci a ajudá-la.

"Mas", acrescentei, "seria melhor uma ratoeira com um pouco de queijo."

Então começou a gritar com falsa alegria:

"Como é esperto esse senhor! A ratoeira, o queijo. Que ideia!"

Agarrou a vassoura e, inclinada, mordendo o lábio inferior, começou a dar golpes duros nos cantos, onde no entanto não havia nada.

"Se acalme", falei, mas ela continuou com uma energia de desesperada, até que ergueu a vassoura e fixou um ponto atrás de meus ombros, exclamando: "O rato, o rato!".

Eu me virei estupidamente para olhar, e ela desceu o porrete acertando meu ombro.

"Ai", me lamentei atônito.

Ela começou a gargalhar.

"Eu te machuquei?", me perguntou aos risos. "Cretino, você engole tudo."

Suspirei e me pus a empurrar os móveis para seus lugares. Eu só precisava esperar. Ela ainda não tinha aceitado o abandono, mas logo voltaria a ser a mulher razoável que sempre fora. "Melhor a ratoeira", insisti, como se a história do camundongo fosse real. Por fim, quando a cozinha ficou em ordem, falei:

"Michela precisa de um ortodontista."

"Eu já a levei", replicou. "Cinco milhões para começar. Você tem? Eu, não."

"Eu arranjo."

Riu irônica: oh, que pai atencioso; quatro meses, quatro meses que não aparecia; e nem um centavo, oh, que pai atencioso.

"Os dentes da menina são bonitos mesmo assim", concluiu. Aliás, como os meus, mas antes que os quebrassem. O que tinham de feio? Quanta conversa fiada. Fez slak, slak, batendo os seus, que, notei, de brancos que eram começavam a ficar rajados e opacos. Robustos, compactos, se lembrou com uma sombra de ternura. Quem os arrebentara? Mara?

Cobri minha boca com a mão: Michela e eu agora recorríamos ao mesmo gesto de proteção contra o mundo. Disse a ela que queria levar as crianças comigo. Respondeu que as crianças eram suas e que o assunto estava fora de questão. Mas recordei a ela que também eram minhas. Deu um sorrisinho e passou a enunciar o princípio de que os filhos eram de quem se dedicava a eles: eu nunca me dedicara a ninguém, imagine se me dedicaria a eles.

Paciência. Paciente.

"É verdade", admiti.

"Sim. Você os usa para dar espetáculo com suas palhaçadas. Depois some e não aparece mais. Usa e joga fora. Excelente."

"As coisas estão assim porque você não me permite ficar com meus filhos."

Filhos? Jogou na minha cara que eu os enganara, nunca lhes dera amor, só fizera adulações. E também a enganara, só adulações por anos. "Você é um mentiroso." Tinha sido a última a saber de Mara, quando todos já falavam sobre o caso. Eu a humilhara como se humilham os animais, aliás, nem os animais.

"Mas devo ser punido justamente através dos filhos?", exclamei, mas sem conseguir evitar que a voz fosse tocada de leve por um desejo de violência mal contido. "É desumano."

Ela rebateu, satisfeita com aquela escorregada: e você não foi desumano? Levantou a voz para que toda a vizinhança ouvisse, todo o largo Preneste, toda a cidade:

"Você não foi desumano?"

Gritou que eu tinha sido com ela, com Giovanni, com as meninas. E como eu tinha sido! Vira o estado do menino? E sabia o que tinha feito com ele indo embora justo quando mais precisava de mim? E com Sandra? E com Michela?

"Mas a paixão", me justifiquei.

Ela não se conteve mais. A paixão, o coração, gargalhou. Oh, o coração: tuntum, tuntum. E começou a dar murros na mesa da cozinha imitando tão bem meu coração batendo apaixonado por Mara que o senti dentro do peito com a mesma força: tuntum, tuntum. Depois subiu na mesa e bateu os pés ritmadamente sobre ela, dando socos fortíssimos no próprio seio. "Ele fazia tuntum, tuntum", gritou eufórica, enquanto eu não sabia a que artifício recorrer para não a ver ali em cima, mesmo ficando de olhos abertos. "Você devia ter arrancado o coração do peito", gritou. E enfiou a mão no decote para arrancá-lo ela mesma em meu lugar, e pareceu que o arrancava de verdade, para jogá-lo em minha cara cheio de sangue. De fato, com um movimento de grande energia, em vez disso arrancou o sutiã e o atirou em mim todo rasgado, urrando:

"Idiota. Tuntum, tuntum. A paixão! Mara vai lhe fazer o que você fez comigo."

Então, feita aquela profecia, pulou da mesa com grande agilidade, como uma atleta depois de um exercício bem-feito, e disse:

"Ah, como estou bem hoje!"

Ainda bem que naquele momento senti que me puxavam pelas calças. Eram as duas meninas. Me pediram para ir ao quarto delas.

"Estou indo", disse a Cinzia, inseguro.

Ela respondeu:

"Vá, sim, vá. Vá embora para sempre."

Pensei em retrucar, mas me calei temendo que se machucasse diante das filhas. Limitei-me a acenar com a mão: calma. Abafou uma risada: calma uma ova, e debochou:

"Meu Deus, que dicção: fifi, fifi, você cospe e só se entende metade do que fala. Vá consertar a boca; é capaz que, junto com a boca, você mesmo melhore."

Fiz que ia sair, mas ela bateu a mão na testa com a força de quem se dá uma bofetada. "Tome", disse. Pegou um bilhete na mesa e o enfiou em meu bolso com tal ímpeto que rasgou o tecido. Era o irmão dentista de um amigo recente dela, um tal de Lotto. Aliás, um homem excepcional. Cuide dos seus dentes, me recomendou com falso zelo. "Dos de Michela" — acrescentou sombria — "cuido eu."

7

Circulei de carro ao acaso a noite toda. Estava muito deprimido e passava de Michela a Calandra, de Calandra a Michela. A dor na gengiva se alastrara ao nariz e ao pescoço apesar do antibiótico (ou talvez por causa dele), de modo que me perguntei várias vezes, preocupado: é possível morrer de dor de dente? Vou morrer de um mal misterioso que se aloja bem debaixo da gengiva?

Quanto à boca de minha filha, tive a impressão de que me mordera traiçoeiramente o coração. Temia pelo futuro de Michela: beleza, aprazibilidade pública e privada; os beijos, as bocas. Desde menino eu tinha a certeza de que nenhuma mulher jamais me beijaria, e estudava um jeito de dar a entender que, me beijando, por trás daqueles dentes elas descobririam sabe-se lá o quê. Mas a aparência não engana ninguém quando não há nada a esconder: algumas vezes eu conseguia fingir um segredo, noutras não. Vi minha filha passando batom, a mão que acentuava exageradamente a linha dos lábios, a pasta que riscava as placas dos dentes. Parei no acostamento de uma rua de periferia e esperei um pouco, antes de retomar a partida.

Minha mãe deve ter experimentado a mesma apreensão que eu naquela vez em que o dentista lhe falara de meus dentes. Era um jovem de belo aspecto, filho de uma cliente dela, pessoa distinta, viúva enlutada de um general. Como se chamava? Pignano, talvez Pagnone. Tinha dito, ao examinar minha boca:

"Este menino pode arrancar a pata de um elefante com uma só mordida."

Ela — me lembrei enquanto dirigia por ruas cheias de buracos, através de terras negras retalhadas, às margens do anel viário cheio de faróis e placas de sinalização — retrucara de modo incongruente, falando dos dentes de seu avô.

"Meu avô", havia dito, "tinha dentes idênticos, só um pouco menores."

Ela dissera aquilo (agora eu entendia) para sugerir com aquela ascendência uma espécie de normalidade. No entanto, o dentista redobrou a dose.

"Os filhos deste rapazinho", profetizara com ar pensativo, "vão ter ainda maiores."

De fato. Do tempo que aguardava Michela, eu tinha a impressão de poder imaginar cada fase, detalhe após detalhe, dor atrás de dor. Bem mais que meus incisivos. Eu devia conseguir dinheiro para endireitar os dela e fazê-los recuar sob a cobertura dos lábios. O dentista Pagnone, filho de um general, me alertara. Não podia esquivar-me da responsabilidade por aquelas presas.

Quando decidi voltar para casa, contei tudo a Mara, e ela se irritou. Que coisa inacreditável, disse, quanto caso por uns poucos dentes protuberantes. Cinco milhões? E de onde os tiraríamos? Eu estava sabendo que ela podia perder o emprego a qualquer momento, nas atuais circunstâncias? Vivíamos como miseráveis e eu ainda queria gastar cinco milhões? O que Cinzia tinha em mente? Nos arruinar? Ou era eu quem queria bancar o grande de Espanha? Essa mania de ter filhos perfeitos, sem defeitos, sem dor! "Você está se imbecilizando", concluiu.

Para reagir, mencionei meus sofrimentos infantis.

"Michela precisa ser poupada", falei.

Mas Mara nem me deixou concluir a frase. O rancor que ia crescendo dentro dela, por enquanto recolhido em torno da menina, estava ávido por alcançar razões mais claras e esfregá-las em minha cara. Disse com a respiração entrecortada que minha filha devia cuidar dos dentes que a natureza lhe dera e tentar mantê-los saudáveis: só isso. Se fosse filha dela, acrescentou, a obrigaria a escová-los três vezes ao dia. Mas Cinzia fazia isso? Ou a negligenciava como minha mãe me negligenciara? Aí está o problema: uma má educação, nenhuma prevenção, vai do jeito que dá. Não é nunca o caso — disse exaltada pelo rumo que a conversa tomava — de acusar os filhos; a culpa é sempre dos que não sabem ser pais. Eu era a prova viva de como se pode crescer mal: só escovava os dentes de noite e às pressas; é claro que arruinaria minha boca. Sem contar — comoveu-se de repente — os que eu tinha perdido por causa da pancada que ela me dera. "Me perdoe", murmurou, fazendo um carinho em minha bochecha. Tinha ido ao dentista? Ou — irritou-se de novo — tinha ido somente a Cinzia, para que ela se compadecesse de mim?

Peguei sua mão, beijei-lhe a palma. Por um segundo me pareceu que, com aquele ataque, ela só estava tentando me sinalizar um desejo de gravidez, a necessidade de ter um filho dela, que equilibrasse minha paternidade. Me enterneci, pensei sim, depois não, outro filho, nunca. Todavia Mara estava numa idade em que ser mãe parecia se tornar de repente uma ânsia visceral. Lancei um olhar de esguelha ao seu ventre e disse a mim mesmo com um calafrio: Micco, ele não tinha filhos, talvez lhe tivesse beijado recentemente a palma bem no ponto em que eu a estava beijando.

Soltei sua mão como se dali pudesse esguichar um líquido letal e lhe contei de Calandra em voz inutilmente alta, com raiva, circulando a grandes passos pela sala. Falei que Micco me dera um péssimo conselho: não tinha gostado nada daquele dentista, ele também havia sido reticente, queria descolar minha gengiva, eu preferia encontrar outro. Bom, eficiente, sem tanta afetação. Cinzia tinha me dado endereço e número de telefone de um tal Lotto. Li para ela, tirando o cartão de visita que minha mulher enfiara em meu bolso: Amedeo Lotto, odontologista, Via Cartone, 27. Iria tentar com esse.

Antes não tivesse dito nada. Ao ouvir falar de Cinzia e daquele cartão, Mara correu para escancarar as janelas como se os radiadores do aquecimento a estivessem sufocando. Imediatamente entrou um sopro gelado que fez uma porta bater, mas ela só emitiu um ah de alívio, como se tivesse engolido um comprimido a seco. Por que — me perguntou, levantando a voz mais do que eu fizera — eu confiava em Cinzia e não em Micco? Eu já tinha visto os dentes de Micco? Chega: é Cinzia isso, Cinzia aquilo, estou cansada, não aguento mais.

Mordi minha língua para não gritar: e como são os dentes de Micco? Lindos? Perfeitos? Um temporal de imagens insuportáveis já me martelava o peito, estava destroçado de tanta tensão. Mais uma vez me voltou à mente o momento em que, na noite anterior, Mara e o amigo foram até a janela e ele apoiara o tórax num ombro dela, para indicar o caminho das libertinagens do gato. Pronto, estremeci. Sob meus olhos, a despeito de meus ouvidos, eles se roçaram, sorriram um para o outro, respiraram palavras de duplo sentido sobre o gato em busca de amor e se desejaram. Estava prestes a gritar com ela; sentia as palavras me roendo como uma náusea, já as trazia na garganta.

Mas ela não me deu tempo. Seguindo o fio de certos pensamentos seus, disse sombria: "Não é possível continuar assim". Abriu com esforço a porta que o vento acabara de bater e voou para fora do cômodo, como se o próprio sopro da tramontana a impelisse. Voou sim — eu a vi voar para além da soleira com a saia colada nas pernas e os cabelos estalando diante de seu rosto. Tinha os braços estendidos e a boca escancarada; e até perdeu um sapato naquela fuga. A porta de novo se fechou às suas costas, e do batente explodiram lascas de reboco.

"O que ela quis dizer?", me alarmei. Quantos segredos escondem as pessoas com quem passamos a vida. Às vezes afloram em frases impessoais ("não é possível continuar assim"), sob as quais saltam os fragmentos mais irrequietos de suas pessoas. Mara queria mudar de rumo? Queria me deixar? O vaticínio de Cinzia se cumpriria? Será que, por culpa daquela mulher, eu sofreria no mínimo tanto quanto a estava fazendo sofrer? Tentei mais uma vez me conter. Ssss. O S do silêncio não achou os incisivos e produziu um som cheio de saliva, quase um F.

Degluti para apagar a dor no tórax e desisti de procurar Mara na cozinha, talvez no banheiro ou no quarto de dormir, para lhe fazer perguntas do tipo: "Você gosta de Micco? Gosta? E por que dá tanto valor ao dentista dele? Como é que tudo o que ele faz é sempre uma maravilha? Como é que tudo o que eu faço não lhe agrada mais?". Estava muito humilhado, também queria mudar de rumo. Eu me sentia o recipiente de mim mesmo, mas gasto e esburacado. Se não mudasse, me perderia: atrás de fantasias; de nostalgias; atrás de nada, a pior coisa.

Peguei papel e caneta e, para me ancorar, comecei a fazer contas. Queria saber onde podia achar o dinheiro necessário para corrigir os dentes de Michela. Vamos partir daqui, me impus. Mas a depressão cresceu quando, seguindo o fio do dinheiro que me seria necessário, de repente percebi que, financeiramente, eu não valia nada. Professor zero, melhor nem falar. Antigamente, sim, me parecera um belo trabalho. Estudava, ensinava, estudava. Tive a impressão de que, fazendo assim, eu me transformava e o mundo se civilizava. Trabalhava numa escola rural, conversava com um e com outro, aprendia, imaginava: agora tudo faz trock e muda para melhor. Eu com certeza já não podia mudar: era moreno, olhos cor de avelã, os dentes como o bico de um predador, que não pronunciavam as palavras, as mastigavam; mas o mundo, sim, podia mudar. Naquela época eu me sentia pleno de valor. Mas, agora, a quem eu podia vender os anos passados? Com ânsia, me lembrei da entrevista que Micco me arranjara sob pressão de Mara. Um novo trabalho, fantasias de recomeçar do zero. Quando? Justamente amanhã: às dez e meia, no Eur, Viale della Letteratura. Ir ou não ir?

Balancei a cabeça, sem dentes, sem vontade. Quem contrataria um quarentão que conhecia bem a história de Piano di Valle e as desgraças dos camponeses que viviam sob Marsicovetere no início do século? Confuso, frágil, desperdício de tempo. Pensei nos livros que tinha lido, nas informações que havia acumulado, nos momentos em que as consumira com paixão. Papéis amarelados, cabelos grisalhos, palavras densas que assimilara dos livros ou da boca das pessoas em meio a jovens voluntariosos: as argilas maláricas; piscrai; o vale do Sauro; os contratados por ano; os semestrais. Quanto léxico de outras vidas passa dentro do curso de uma vida. Contudo, não havia mais uma só palavra de então que eu pudesse usar com proveito. A quem eu poderia citar o trabalhador braçal de San Giovanni in Fiore que dizia: "No inverno não temos lenha e ficamos que nem um zacarogna, tossindo, com fumaça nos olhos e os pés na umidade"? Zacarogna, que nome. É um pequeno pássaro que vive entocado como a coruja. Eu li: zacarogna, zacarogna. Eu era afeiçoado a muitas palavras como essas, e elas me vinham aos lábios à primeira ocasião, mesmo não sendo utilizáveis. Não — disse a mim mesmo: e se amanhã, durante a entrevista, eu não conseguir falar de assuntos convenientes? Se eu não entender sequer o que me perguntarem? Se quem me entrevistar falar numa outra língua, palavras frescas do dia, e nada de lenha, nada de fumaça, nada de zacarogna?

Para sossegar, me pus a listar mentalmente as pessoas que poderiam me emprestar dinheiro. Essa também foi uma péssima surpresa. Dei-me conta de que ao longo dos anos eu só frequentara gente que nem eu, que se encontra nos mesmos apertos, a cabeça abarrotada, salários de fome, em busca de posições melhores ou de fogos de palha como amantes sem amor. Gente que telefonava para dizer: vamos jantar juntos; vamos fazer isso e aquilo; ora a coisa estoura aqui, ora ali; e a gente se animava. Mas dinheiro, nada. Eram pessoas que nunca tinham tido paixão pelo dinheiro. Se lhes tivesse pedido um empréstimo, teriam revirado os bolsos tirando deles fichas telefônicas, chaves de muitas portas e gavetas, velhos bilhetes de ônibus mantidos justamente para ganhar tempo com os cobradores, nada mais. Maria Ida talvez: com ela eu poderia tentar. Mas os filhos, o marido, a amolação: talvez melhor não.

Mara não reapareceu. Planejei até tarde da noite me dedicar a pequenos comércios: vender coisas minhas, pôr um anúncio, esperar o comprador. Fazer como minha mãe, que em certa fase da vida se transformara em comerciante. Era a mãe que eu tinha aos doze anos de idade. Acabara de abrir uma loja num local esquálido da periferia, associando-se à cunhada, esposa do tio Nino, que agora não era mais marinheiro, nem bailarino de tango, nem artesão de objetos admiráveis, mas trabalhava como operário especializado: todas as manhãs suando, manso e disciplinado, de bom caráter. Eu ia encontrá-la depois da escola e fazia as tarefas atrás do balcão, mas me distraía com frequência. Mamãe e titia ficavam ansiosas à espera de clientes, e de vez em quando me falavam de sua tensão. Eu as observava de soslaio, primeiro as duas e depois o retângulo de luz cinzenta que dava para a rua.

A mulher do tio Nino era pequena e frágil, de voz cultivada e palavras contidas, típicas de quem tinha frequentado um pouco a escola. Chamava-se Amelia. Quando o marido, que não tinha frequentado escola nenhuma, passava por lá, ela se dirigia a ele com ternura, em tom baixo, palavras graciosas, mas sempre para dar uma ordem: faça isso, faça aquilo. E ele obedecia encantado, sem um passo de dança, sem fotos e sem pelos na carteira, sem tatuagens, sem nem mesmo o dente de metal, que desaparecera de repente como se eu tivesse sonhado com ele. Já minha mãe não conseguia impor nada a ninguém, nem a meu pai, nem sequer a mim. Talvez não quisesse. Tinha um corpo forte, parecia invencível, mas nunca era agressiva; só ria, seduzida por cada coisa nova que lhe acontecia.

As duas mulheres conversavam entre si sem compromisso, em dialeto; depois, à primeira sombra de um passante que beirasse a vitrine, se imobilizavam boquiabertas. Pareciam suspirar "entre, entre", mas não tinham grande coisa a oferecer aos clientes: cartelas com botões de vários tamanhos e em diversos materiais; carretéis de linhas multicoloridas; cinzéis maiores e menores de metal; o quadrado cinza de gesso para costureiras; fivelas para cintos femininos; alfinetes franceses. Entretanto se mantinham ali, cativantes, e exalavam uma tensão tão viva que pareciam jogadoras sentadas a uma mesa de roleta.

Mas quando uma dona de casa empurrava a porta de vidro, elas se iluminavam como nos quadros que representam santas. Minha mãe se tornava enérgica e solícita, quase comandada pelo rumor da porta. Naquela noite me lembrei da cena e a refiz com a boca. Era um sgriiim, e a porta se movia para a frente. Depois a cliente a soltava, e a porta voltava sozinha, batendo com a borracha espessa contra o batente: sbonk. Quanta cortesia, quanta disponibilidade, uma música: sgriiiim, sgriiim. Cada coisa ondulava, até a luz, até as moedas no caixa. Sbonk.

No pequeno comércio a que se entregou naquele período, de início tive a impressão de reconhecer a gentileza a que eu aspirava. Mas depois as relações entre as duas cunhadas se tornaram tensas: o tempo que eu gasto, o tempo que você gasta; o meu, o seu. Culpa do caixa com o dinheiro: saía pouca mercadoria, dinheiro entrava pouquíssimo. Depois de alguns meses, a alegria que as fazia correr atrás do balcão, naquele porão gélido, como em patins sobre o gelo — e como voavam leves, ora para pegar aquela caixa branca, ora aquela outra, e mostrar seu conteúdo às clientes —, se extinguira. Eu tinha passado a fazer minhas tarefas com distrações cada vez menores, porque a clientela se tornara mais rara, e a aposta naquele pequeno negócio se revelava cada vez mais decepcionante.

Mas me ficara uma grande simpatia por aquela empresa tão audaciosa. Talvez minha mãe tivesse planejado estender sua afabilidade a todo o bairro. Talvez tivesse desejado apenas libertar-se um pouco da cozinha e dos filhos: filhesfazim, sons espalhados por brincadeira. Era uma mulher cujos olhos se acendiam de modo agradável, muito vital, e por muito tempo pensei que ela pudesse ter sorte. Aliás, por um período cultivei a ideia de uma certa felicidade possível ligada àquelas quinquilharias da loja, às agulhas e aos alfinetes que eu rolava sob a pele, aos dedais de metal. Talvez por isso eu estivesse delirando com pequenos comércios, misturando minhas necessidades do momento com a aura de mundo pacífico e coloquial que ela inventara para si naquela lojinha de tantos anos atrás. Quando me dei conta disso, afastei suas coisas das minhas. Depois mudei de ideia e me reaproximei, cantarolando sgriiim, sbonk. "Vender o quê?", me perguntei, quem sabe me esforçando como talvez ela mesma se tenha perguntado naquela altura da vida. O que eu tenho para vender?

Passei os olhos pelo quarto vazio. Talvez Mara já estivesse dormindo havia um tempo. Zumbidos de eletrodomésticos, um apelo noturno em sabe-se lá que língua, o chiar de uma longa freada. Eu não tinha nada a vender. O próprio carro, um Fiesta vermelho sem futuro, estacionado debaixo da placa de proibido estacionar, estava em tal condição que eu mesmo teria de gastar algum dinheiro para liberar a via pública daquele ferro-velho.

8

Que dor de cabeça, que dor na boca. Na manhã seguinte, acordei sozinho na cama. Mara já tinha saído de casa para trabalhar, mas me deixara um bilhete na mesa de cabeceira que dizia: "Preste atenção, deixe para lá a entrevista, vou falar com Micco, depois a gente vê. Em vez disso, vá logo ao dentista. A geladeira está vazia, compre algumas coisas. Por que continuo perdendo tempo com você?". No banheiro, vi pelo espelho que a gengiva estava cor de sangue, roxa em torno dos incisivos quebrados. Engoli um dos comprimidos de Gullo, um dos de Calandra e telefonei à escola para avisar que não poderia ir. Os dentes, expliquei a Maria Ida: eu estava péssimo, ia tirar dois dias de licença por doença. Ela perguntou: "Posso ajudar em algo?". Depois gritou alguma coisa a alguém que tinha entrado no escritório. Desligou sem acrescentar palavras de cortesia: evidentemente tinha outras preocupações.

Liguei também para o dr. Lotto. Linha ocupada. Tentei e insisti até que a secretária atendeu. Implorei mais do que tinha feito com a de Calandra: ai, ai, é urgente, por favor, preciso muito, imediatamente; há risco de septicemia. Depois, para causar boa impressão, citei o irmão do doutor, definindo-o como um bom amigo de minha esposa. "Ah", comentou a voz feminina do outro lado, e me marcou uma consulta para o início da tarde. "Mas seja pontual", disse.

Feito. Olhei para o relógio, me vesti depressa, atravessei a cidade até o Eur. Apesar do conselho de Mara, queria ir à entrevista marcada por Micco. Não sentia apreensão; ao contrário, enquanto dirigia, descobri que estava de bom humor. Não comparecer? Recorrer novamente a Micco?, ria cá comigo. Nada disso: concorrer a uma vaga de trabalho, com dois incisivos quebrados, teria tornado o sucesso mais exaltante, menos insuportável o fracasso. Esse era o melhor dia para mudar meu futuro sem ânsias ou para continuar como estava sem arrependimentos.

Fiz esforço para abrir a porta, de tão forte que era o vento. Céu baixo em fuga, vidraças espelhadas, porteiros eletrônicos, um homem idoso numa cabine de vidro que examinou com cuidado minha identidade. Testa franzida, contido, procurou numa lista de nomes, preencheu uma ficha e fez deslizar um cartãozinho plastificado sob o vidro que nos separava.

"Entre", me disse.

Examinei o cartão, parado em frente ao porteiro eletrônico. Inseri-o numa fenda, tentei, tentei de novo e nada. Eu era pouco prático, não sabia abrir recorrendo àquele retângulo de plástico: pertencia à era das maçanetas. Falei isso em voz alta, rindo, mas o funcionário atrás do vidro nem olhou para mim e não achei quem quisesse rir comigo, nem sequer um ha ha. Finalmente, uma mulher passou por mim com um leve empurrão impaciente, fez o cartão deslizar de cima para baixo dentro da fenda, a porta estalou. Segui atrás dela com um salto, como se quisesse agredi-la pelas costas. Um segurança, plantado de pernas abertas além da vidraça, soltou num movimento automático o coldre da pistola.

Eu me perdi por elevadores, por corredores todos iguais, cheios de portinhas numeradas. Quando achei o número que procurava no sexto andar, já era reconhecido no segundo e no quarto como um abestalhado que não sabia distinguir a mão direita da esquerda. Mesmo assim fui recebido com falsa gentileza por um funcionário ansioso, pelo menos uns quinze anos mais novo que eu. "O senhor é...", ele iniciou se pondo de pé e logo tornando a sentar. Tentei me apresentar cobrindo a boca com a mão, mas não consegui chegar nem ao sobrenome. Senti uma dor tão forte na gengiva que minha boca só pôde cuspir um: "Oico". O rapaz logo passou jovialmente a sr. Oico pra cá, sr. Oico pra lá, e conversas intermináveis sobre os tempos sombrios, a crise também, o dinheiro que está parado, os muitos ali dentro que não recebem salário há meses — o senhor nem imagina, sr. Oico. Então começou com uma série de perguntinhas, que me pareceram feitas meio a esmo, todas do tipo: o senhor come sushi, gosta de rock, compraria uma skoda, o que sabe sobre literatura galesa? Eu não sabia nada sobre comer sushi, sobre rock, sobre skoda, galês e muitas outras coisas. Bastaram-me poucas respostas, todas dadas também a esmo e entrecortadas contra a palma da mão, mas sobretudo aquele sr. Oico com que o jovem se dirigia a mim obsessivamente, para que eu me perguntasse: o que estou fazendo aqui? Será possível que eu tivesse me reduzido a esse som contrato que me escapou do furo dos dentes? Oico? Oico? Oico?

Comecei a me distrair e a buscar mentalmente coisas só minhas, uma identidade: ensinei cinco anos no Sul, listei na cabeça; formado em letras, com nota medíocre; três filhos; estudei o Piano di Valle, lugar de extrema pobreza, meu deus, meu deus, por quanto tempo, e com que paixão. De modo que, quando o rapaz me pediu que lhe contasse pelo menos uma lembrança que me era cara, ocorreu o que eu temia. Respondi me esforçando para pronunciar as palavras por inteiro:

"Um camponês em San Giovanni in Fiore."

Meu entrevistador arregalou os olhos, sorrindo com nervosismo.

"Seu avô?"

Não, não.

"Um parente?"

Não. Palavras, papéis amarelados, um livro que tinha lido anos atrás. "Vivia", expliquei, "na miséria, como um zacarogna."

"Ah."

Um zacarogna, repeti, tirando a mão da boca, e rapidamente o rapaz se agitou na cadeira, demonstrando irritação.

"Palavra feia", resmungou.

"Belíssima."

"Trate dos dentes depressa", me exortou, torcendo os dedos entrelaçados, e se despediu de mim com muitos, muitos votos de felicidade.

Obrigado.

Comi um sanduíche em bocados cautelosos, engolindo sem mastigar. Não, eu não estava com raiva de mim, em certo sentido estava fascinado com minha irresponsabilidade, com a maneira como tinha arruinado aquela que deveria ter sido uma ocasião importante. Para ser sincero, só temia a ira de Mara quando soubesse por Micco como eu me comportara. Mas paciência. Bebi um café e às três da tarde fui ao novo dentista, o dr. Lotto, na Via Cartone, uma cancela que não fecha, um interfone que não funciona, andar térreo. Abriu a porta uma mulher de pouco menos de quarenta, loura a um primeiro golpe de vista, mas morena na raiz dos cabelos, um ventre mal contido por uma saia azul sob a qual corria em zigue-zague a ponta de uma blusa azul-escura. Disse distraidamente: entre, e se retirou numa saleta lateral. Outros pacientes esperavam folheando revistas. A cada dois minutos conferiam o relógio e depois uma porta ao fundo. Suspiravam ou bufavam, de acordo com o temperamento.

Passou uma hora até que eu ficasse sozinho, contemplando a única reprodução da saleta: um homem de chapéu emplumado beijando com volúpia uma senhora vestida de azul-celeste, roupas de outros tempos, e no entanto — segundo a opinião de grande parte dos estudos odontológicos —, com aquele beijo, ele lhe transmite cáries e mais cáries, estragando sua dentadura. Eu olhava o quadro e me vinham à mente Mara e Micco, Micco e Mara. Onde estavam? Pelos campos pontinos entre canteiros e pedreiros mal pagos de todas as raças? Num restaurante de Sermoneta sem clientes, diante da última taça de vinho depois de um lauto almoço? Como eu gostaria de ser diferente, de não conceber imagens ou pensamentos amargos, não alongar pela boca um fio de incerteza nos afetos, de aniquilação, de raiva. Talvez já soubessem do êxito da entrevista e se queixassem alternadamente de mim; talvez Micco consolasse Mara e lhe dissesse sem parar: coitada, coitada. Por fim me levantei e fui dar uma olhada na salinha da secretária.

"A espera ainda está grande?", perguntei, cobrindo a boca com a mão para evitar reações deselegantes. Notando minha astúcia, ela me lançou um olhar do tipo: não pense que me comove, cretino. Então respondeu: "O tempo necessário". Tornei a explicar minha situação como já tinha feito ao telefone, apenas algumas confidências a mais para ganhar sua simpatia: o irmão do doutor, Cinzia, Michela, a angústia, uma entrevista de trabalho que foi um fiasco, quanta depressão. Ela obviamente entendeu metade do que lhe disse, mas o suficiente para ao final comentar, rancorosa: "Ah, então é o senhor", e resmungou enfezada que tinha conhecido minha esposa. "Por que a abandonou?", censurou-me com dureza. Se Cinzia (a chamou pelo nome) tivesse morrido jovem e bonita, eu teria me matado; no entanto, agora que começava a envelhecer, eu ficava constrangido. "Para serem amadas para sempre, as mulheres não devem passar dos vinte e cinco anos", comentou, citando como sua uma frase que deve ter lido sabe-se lá onde. Então quis me provar que sabia tudo sobre minha família. "Fui eu", me disse, "que aconselhei a Cinzia um bom dentista para a menina." Porém, na opinião dela, Michela precisava sobretudo da figura paterna e depois, se fosse o caso, de um médico.

"Sabe que sua esposa me confidenciou coisas terríveis a seu respeito?", me disse à queima-roupa, com desprezo.

Não me surpreendi. Fazia meses que eu topava com parentes, amigos, conhecidos e desconhecidos encarregados de me explicar que eu era um criminoso ou um demente. Não só. Havia tido uma conversa com o proprietário do apartamento do largo Preneste que, além de querer saber se o aluguel seria pago regularmente apesar da separação, procurou abalar minha consciência de marido e de pai. Até os comerciantes que nos prestavam serviços meteram o bedelho na história, perguntando como era possível, por quê, de quem era a culpa. Dois colegas meus, a quem Cinzia havia telefonado, se aproximaram de mim para expor seus pontos de vista sobre aquele caso escabroso. Além disso, tinha recebido uma longa carta do professor de Giovanni, justamente preocupado com o menino. E até o padre da paróquia embaixo de casa me escrevera, embora eu não acreditasse em Deus desde os doze anos; uma carta cheia de ameaças obscuras: cicatrizes permanentes, doenças venéreas que Mara certamente me transmitiria, as chamas do inferno. As pessoas, por razões humanitárias, sentem prazer em meter o nariz nas histórias de rompimentos e de dor. Por que se espantar se, depois dos desabafos de Cinzia, a secretária do dr. Lotto também queria se intrometer em minha vida?

Disse que sim e, para mudar de assunto, lhe mostrei à traição o estado de minha boca. Ela a perscrutou com muito interesse, não propriamente com o olho da assistente de um dentista, mas com o da mulher que vê o fedífrago massacrado com justiça pela providência. Até sorriu para mim, com certa alegria. Belo desastre, comentou. E depois acrescentou em voz baixa: o senhor veio perder seu tempo aqui. Lotto — explicou — conversava muito e trabalhava pouco: era obcecado com o molde dos dentes, a única coisa a que se dedicava a sério; fazia coleção deles como se fossem selos. "E há tanta gente boa precisando de pacientes", disse; então me confidenciou no ouvido que tinha muitas indicações de dentistas bem mais eficientes. Queria algum nome?

Agradeci: por ora, não, muita gentileza sua; depois, se for o caso. Voltei a me sentar na sala de espera pensando: a serpente no seio, ou de tocaia entre flores, framboesas e amoras, fria, com a língua bífida, pronta para dar o bote. Isso é o que era aquela mulher.

Finalmente, o último paciente abandonou o consultório cabisbaixo. Depois de cinco minutos apareceu o dr. Lotto, barba grisalha, cabelos compridos e também grisalhos, penteados para trás, os globos oculares avermelhados pelas lentes de contato.

"Venha", disse.

Entrei no consultório, e ele me apontou uma bela poltrona cinza, em couro sintético. Enquanto me acomodava, foi à escrivaninha com uma certa fleuma, olhou na agenda, perguntou:

"Qual é seu nome?"

Respondi Oico sem nem me esforçar para pronunciar nome e sobrenome.

"Como vamos, sr. Oico?", me perguntou, de pé, atrás da escrivaninha.

"Assim, assim", balbuciei, fixando embaraçado primeiro a luminária retangular que brilhava sobre minha cabeça, depois a pequena bacia para os enxágues: branquíssima, exceto por uma minúscula mancha de sangue que parecia uma picada de agulha.

Lotto se aproximou sem pressa e, organizando alguns instrumentos sobre uma prateleira de vidro esverdeado logo acima das brocas, perguntou:

"E então?"

Respondi:

"Vim por causa dos dentes", assoviando letras aqui e ali. Depois pensei: que frase estúpida, e tentei parecer mais interessante, farejando o ar com competência.

"Esse cheiro", gesticulei, esfregando os dedos sob o nariz.

"É cresol", me explicou.

"O cheiro da dor", comentei.

"O senhor acha?"

Sim. E lhe indiquei o furo na arcada, como para provar daquele modo minha competência. Ah, constatou com um olhar de viés, distraído; então se informou, sempre mexendo em seus instrumentos:

"Um acidente?"

Assenti vigorosamente e acrescentei:

"Eu precisaria de uma ajeitada rápida. Por causa de meu trabalho, sabe. Além disso, estou até meio preocupado porque…"

Ele me interrompeu e pediu que eu abrisse a boca. Abri, mas Lotto se pôs à distância, como se temesse uma labareda de dragão.

"Que dentes", comentou estupefato, "e que gengiva!"

Perguntou-me se podia tirar imediatamente os moldes deles. Para o trabalho futuro, se justificou; havia muito o que fazer em minha boca: ah, sim, muitíssimo.

Justamente como me dissera a secretária. Concordei, o que eu podia dizer? Que fizesse logo os moldes. Todo contente, ele girou por trás de meus ombros, foi a uma bancada repleta de objetos, se inclinou e extraiu uma tigela de uma gaveta. Naquele recipiente despejou um pó rosado, dirigiu-se à pia e começou a empastar com uma perícia de cozinheira. Ficamos algum tempo em silêncio, eu em minha poltrona, o dentista num canto, batendo a pasta com uma espátula, clop, clop, como se preparasse um zabaione.

"Está olhando o quê?", me perguntou a certa altura, sorrindo, enquanto a mão girava sobre a tigela. E para me mostrar a expressão estupefata que eu tinha, pôs a boca em O, mandíbula proeminente. "O senhor tem maxilares que fecham mal, e salivação excessiva", acrescentou em tom profissional, "mas por isso mesmo, por causa de seu prognatismo, traz sempre no rosto certa maravilha."

Devo ter feito uma cara um tanto irritada pela apreciação, tanto é que ele tentou remediar a situação citando de improviso umas frases em louvor do assombro. Somente as crianças ainda ficavam de boca aberta, disse, mas não todas. Pouquíssimas, por exemplo, ainda acreditavam na fadinha que levava o dente velho e deixava um presente. Ruim, suspirou. Batendo e batendo sua pasta, perdeu-se atrás da maravilha infantil de antigamente. Coisas do tipo: que fase delicada a queda dos dentes de leite, a erupção de novos dentes.

Convenci-me de que, quando não trabalhava como dentista, devia ser um vovô afetuoso ou um pai retardatário, cheio de atenções de avô. De fato, passou a me descrever não só com competência, mas também com comoção, a gengiva infantil que se encrespava, se espessava, enquanto o dente se erguia como uma onda de pedra, como uma montanha nevada. Para me mostrar como se erguia a onda de pedra, a montanha nevada, levantou a mão até o teto com a espátula suja de pasta rosa. A criança — disse — se entusiasmava e se assustava com aquilo, era um momento delicado para ela. Era preciso estar a seu lado como se estivesse à beira de um precipício. Eu concordava?

Acenei que sim, melancólico. Michela, pensei, e recordei que, quando o primeiro dente dela ficou mole e eu já estava para ir embora de casa, peguei-a no colo e disse: agora vamos amarrar esse dentinho com uma linha de algodão e pronto. Então o amarrei, puxei, mas ela começou a gritar ai, ai, e eu não tinha sido muito decidido no puxão; o dente continuou balançando na gengiva.

No entanto, muitos anos atrás, tio Nino era de outra têmpera. Tinha feito um nó corredio com um cordão fino, prendeu meu dente no laço, amarrou a outra ponta do fio na maçaneta da porta e "Fique aí", me ordenou em seguida. Fiquei no corredor penumbroso, sozinho, a porta fechada. "Pronto", ele então gritou para mim, uma sombra alegre além do vidro esmerilhado, escancarando a porta de repente e puxando-a para si. O dente me saltara da gengiva — frush —, batera contra o vidro — tic — e tombara na madeira — toc.

Não, não experimentei nenhuma maravilha, só um pouco de susto. E talvez dor. Nem me lembro se depois fui consolado. Enterrava meus dentes em certos furos do reboco, ao lado da porta da cozinha, como cadáveres. Presentes, nenhum, não tinham chegado.

Lotto despejou a pasta numa fôrma de metal e se aproximou de mim. "Abra a boca", me pediu, pressionando com firmeza aquela matéria fria contra meus dentes superiores. A gengiva inflamada recebeu o inesperado refrigério. "Um pouco de paciência", me aconselhou, a mão nua contra a fôrma.

Emiti um engulho. Tive a impressão de que a pasta estava escorregando em minha garganta, pesada e densa, auxiliada pela saliva. Vou sufocar, pensei. Além disso, o calor da gengiva tinha anulado em poucos segundos todo o frescor daquela coisa borrachuda, e a dor, aliviada por um instante, agora me parecia de novo insuportável, ampliada até a fôrma, uma massa estranha e dolente na boca, meio viva, meio morta.

"Org", falei no engasgo.

"Bom", respondeu Lotto. E passou a me contar detalhadamente sobre seus clientes, que não queriam mais sofrer nem aquele mínimo necessário. Entravam, se acomodavam e já pediam uma injeção de anestésico. Do que havia em seu consultório apreciavam apenas o maquinário. Maquinário, maquinário,

maquinário de uma profissão que no último século havia mudado substancialmente pouco ou nada.

Confirmei: "Org", com a respiração entrecortada, mas ele nem me ouviu. De pé ao meu lado, com dois dedos da esquerda ele sustentava distraidamente a fôrma, e com o indicador da direita me apontava uns de seus instrumentos, sem se dar conta de que, na posição em que eu estava, só podia visualizar a etiqueta metalizada na grande lâmpada que pendia sobre minha cabeça.

"Aquele preto", explicou, "é o cone do aparelho radiológico; aquela é a esterilizadora com bolinhas de vidro; aquela, a lâmpada alógena para obturações brancas."

"Org", estertorei, incomodado entre outras coisas com minha imagem refletida na etiqueta da lâmpada: parecia um cachorrinho aterrorizado numa focinheira metálica da qual escorria uma espuma rosa. Mas, como única resposta, ele teorizou: "Quanto mais maquinários novos o paciente vê à sua volta, mais se sente confortado. Os velhos utensílios, caro Oico, dão agonia. Um exemplo?". Quando herdara o consultório do pai, tinha decidido deixar num canto uma broca Doriot, daquelas à corda, a título de ornamento. Entretanto logo foi obrigado a guardá-la no porão. Tinha percebido que perdia pacientes se a deixasse ali.

Enquanto isso, eu pensava: meu Deus, chega de conversa, org, org. Debatia-me, levantava um pé, depois outro, mas Lotto nem ligava. Falava e falava, dicção segura, uma inflexão vagamente da região de Marcas. Disse a mim mesmo: está se distraindo do trabalho que deve fazer. Pensei: esqueceu a pasta rosa dentro de minha boca. Pensei: vou ficar com a fôrma grudada para sempre nos dentes. Sentia que aquela matéria, originalmente maleável, estava se contraindo em torno da gengiva e apertava e apertava como se quisesse espremer a dor de mim feito um trapo infecto. "Org", assinalei a Lotto, arregalando os olhos.

Respondeu tranquilo:

"Bom. Estamos quase."

E me explicou, sempre a título de exemplo, que eu estava sentado no centro de um complexo de aparelhos que se chamava "equipo". Esse equipo — ilustrou, apontando poltrona, bacia, brocas e lâmpada: belo design, uma cadeira em couro sintético de cabine de nave espacial, botões e sinais luminosos de várias cores — custa uns vinte e cinco milhões. Olhe aqui: seringa de onde sai água e jato de ar; a broca carbide; a broca diamantada etc. Mas acha que é o suficiente? Não, senhor. No ano que vem vou comprar um de trinta e cinco, com oito aparelhos. Vai dar para voar no consultório. As pessoas ficam loucas com o cheiro de coisa nova. Concorda?

"Org", respondi aterrorizado. Org, org, org!

Somente então se lembrou do que estava fazendo e testou com o polegar a alça da fôrma, uma leve pressão. Resistiu com algum esforço à vontade de continuar a conversa e disse: "Bem", experimentando descolar aquela geringonça.

Nada.

"Um instante", murmurou embaraçado e fez mais força.

De novo, nada.

Então mudou de posição e tornou a tentar, dando uma pancadinha de cima para baixo, com a força que se faz para quebrar uma noz.

Nenhum resultado.

Ofegou:

"Um pouco de paciência."

Agarrou-se à fôrma como se estivesse prestes a cair num abismo. Tive a impressão de que ele quisesse catapultar a parte superior de minha cara para longe.

"Ooorg!", estertorei aterrorizado.

A fôrma finalmente se destacou. Ainda bem. Fechei a boca e olhei a pasta rosa, convencido de que veria meus dentes grudados nela.

Foi assim que, tempos atrás, imaginei que aconteceria, mas sem dor. A dentadura se descolaria e eu finalmente me veria livre dos dentes: melhor viver desdentado que com aqueles que eu tinha. Foi uma ideia que me ocorreu por minha paixão à leitura. Pensei que seria como nos livros, horripilante e encantador, não diferente de quando o herói tira a máscara e revela a verdadeira identidade. Quantos momentos excepcionais havia nas histórias, que mais tarde, ao crescer, não me agradaram mais: acabar sepultado sob a neve, suspenso na borda de um precipício, tragado pelas torrentes, exibido num circo com os lábios cortados, o último de alguma tribo de índios valorosos. Eu lia e mastigava a comida; como gostava de ler e morder e palpitar e sentir a pontada dolorosa dos dentes doentes: nham, nham, "ele arrancou a máscara", oh, que medo, ai.

Naquele trabalho porco de Lotto, reconheci por um átimo a pálida materialização do que eu havia esperado por muito tempo em cima do armário onde, com frequência, me recolhia para ler. Coisas de uma época muito distante, quando a página de um livro ou de uma história em quadrinhos me ajudava a enfrentar os gritos de casa melhor que um escudo mágico, com um brilho mais ofuscante. O armário era de três portas, tinha um espelho no centro e ficava no quarto de meus pais. Eu subia nele, me deitava no teto empoeirado e abria o livro. Debaixo estava o lustre; a cama com o cobertor forrado, vermelho de um lado e amarelo do outro; o piso de lajotas hexagonais. Mas por pouco tempo. Lá do alto — lugar de aventuras, o único que eu conseguira pescar num apartamento de dois cômodos e cozinha, segundo andar, sem varanda —, todo o quarto logo se enchia não de coisas, mas de alfabeto. Lembrei num lampejo: "Rolando Candiano", "meu pai", "Amos", "o pai de Pierre Bezukhov", "Bezukhov", "eu", tudo se escrevia e se lia de modo muito apaixonante, enquanto eu devorava linhas, pão com mortadela, poeira, o cric cric dos cupins, a dor nos dentes, as migalhas caídas entre as páginas, a sra. Tiptop, minha mãe assustada, meu pai que dizia: "Não quero ver esse homem na casa", o prato de massa que ele jogava uma vez no chão, outra na parede, e cacos e molho e macarrão que voavam para cá e para lá, e os xingamentos durante seus ataques, com promessas de assassinato, ou até as belas canções que cantava enquanto fazia a barba e às vezes ficava contente.

Certo dia entrou a filha de uma vizinha nossa, Pupetta (nome de criança, o tempo passaria sobre ela, mas não sobre o nome), que minha mãe tinha em alta consideração porque, às duas da madrugada, ela ainda circulava pelo quarteirão com o namorado, uma garota tão livre, ia e vinha como bem queria, era desacorrentada, palavra excepcional, eu a via escrita com um D maiúsculo numa curva de esgar, Pupetta o trazia sobre si, ainda se liam braceletes de aço apertados em torno dos pulsos, mas as correntes estavam rompidas, corria com um clangor de anéis quebrados, entrou pela porta e saiu pela janela.

Noutro dia entrou na sala uma parente distante, menos de trinta anos, que vestia roupas até o pescoço, inclusive no verão; a mesma que certa vez, após uma festa caseira com um almoço interminável e muitos parentes cantando embriagados para celebrar o onomástico de minha mãe, tirara um cochilo em minha cama, eu espremido na beirada e quase caindo, ela colada às minhas costas, me segurando apertado e dizendo pobrezinho; mas foi só, desde então nunca mais a vi; exceto naquele dia em que entrou, tirou a saia, desabotoou a blusa e ficou de anágua azul, fazendo-me pensar aterrorizado: se ela notar que estou aqui em cima, minha nossa senhora, se ela notar; mas depois vi que, sobre o peito, pelas ondas do seio, se alastrava uma mancha em escamas vermelhas orladas de ouro, como se vestisse uma malha de cobre ou como se a pele e os mamilos dentro do sutiã fossem semelhantes aos da Virgem de Nuremberg, presente em tantos livros; ainda bem que não se apercebeu de mim, deixou-me ali no alto com a culpa de tê-la espiado, pulou dentro do espelho e não saiu mais.

Noutro dia ainda, enquanto eu refletia tapando os ouvidos para não escutar a gritaria furiosa pela casa — que período terrível foi aquele, nenhum livro parecia bastar —, me ocorreu que meu pai não tinha amigos, não gostava dos outros homens, só estava com eles para tratá-los mal e humilhá-los, especialmente os pegajosos que beijavam as mãos das senhoras, jamais convidava um desses para casa, não entendia sua natureza ou a entendia até demais, que natureza asquerosa eles tinham, por isso eu também vou ser que nem ele, pensei, e só frequentarei mulheres, que me importam os homens, já naquela época não me sentia à vontade com eles, só queriam jogar bola e mostrar o que tinham dentro dos calções, desconfiava dos outros meninos, mais velho — quando eles se tornaram mais velhos — desconfiei mais ainda, Micco, por exemplo, já me dava antipatia só pelo nome e sobrenome, e todos os outros também; isso me ocorreu e então retomei a leitura e estava lendo "corrompida", palavra feita de rachaduras e falhas, surrada e trincada, que Bezukhov usava e reusava contra a esposa, Helena; quando eis que a porta do armário se abriu lentamente com um rangido e dali de dentro saiu uma mulher vestida de modo impecável, como se fosse a uma festa de casamento, que se olhou no espelho calmamente, ergueu o véu e com as mãos enluvadas descolou a boca da face, um gesto feito com delicadeza, mas que mesmo assim fez o sangue sair em jorros e escorrer no queixo, no belo vestido de gala, nos sapatos de verniz, em meio aos gritos da casa que a perseguiam desde o interior do armário, um pisotear com ecos de túnel, um bater de portas, e agora ela estava com olhos desesperados, não sabia por onde escapar, a janela não, tampouco a porta, no espelho já estava, com a boca amassada à força de bofetadas, nem mesmo ali havia saída naquele dia.

Neste, ao contrário, um outro dia, mas não portentoso como os dias de então — dias em que seres humanos de carne e osso se tornavam mentiras da memória, perdiam toda substância e se transformavam para sempre em palavras, verbos, fantasmas, tornando irreconhecíveis os organismos móveis e estridentes contra os quais eu tinha tapado os ouvidos por horror e por amor —, neste só havia Lotto, de pé a meu lado, o molde de minha boca entre as mãos, também ele todo escrito como num livro, sílabas em procissão, linhas geladas, eu lia, relia e não conseguia lhe dar voz. Via apenas a pasta rosa, levemente tingida de sangue.

Um tanto pálido, o dentista contemplou o molde.

"Ótimo", disse.

Então pôs de novo a cara dentro de minha boca e, com as mãos nuas, deu-me algumas sacudidas na dentadura.

"Inacreditável", comentou. "Parecem tão robustos e, no entanto, estão colados com cuspe. É preciso investigar, é preciso investigar. Sabe, sr. Oico, que o estado de sua boca não me diz nada de bom?"

Livrei-me dos resíduos de pasta soprando-os na pequena bacia. Maldito imbecil. Colados com cuspe, é? Nada de bom? Tinha arregaçado minha boca inteira. "Agora chega", tentei protestar, mas não houve jeito, ele fazia questão de tirar o molde do maxilar inferior também. Justificou-se: "É indispensável, se quisermos ter um quadro completo", e dessa vez trabalhou com maior vigilância, num silêncio sofrido. Por fim, examinou ambos os moldes como se visse sabe-se lá que coisa terrível. Estalou os lábios, pôs a pasta entre enchimentos úmidos e lacrou tudo em envelopes de plástico transparente, com ar de profissional consciencioso.

"Os dentes quebrados", tentei mais uma vez lembrar a ele, abrindo a boca, mas minha iniciativa não agradou. Respondeu que nunca se devia ter pressa: antes era necessário um exame acurado, depois algumas radiografias. Com calma.

Resmunguei: o trabalho, sabe; sessões demais; melhor abreviar; a despesa; não posso. Tanto mais — acrescentei, buscando sua compaixão — que eu tinha uma menina que precisava de mais cuidados que eu. Talvez ele se lembrasse: minha esposa a trouxera ao consultório semanas atrás.

Silêncio. Primeiro Lotto captou a referência às sessões e à despesa, o que o deixou um tanto descontente. Depois, a propósito de minha filha e minha esposa, fez um gesto do tipo: tanta gente vem aqui, ora, como quer que eu me lembre. Então pensou mais um pouco e disse: "Ah, o senhor é aquele que abandonou os três filhos". E nesse instante lançou um olhar ao relógio, exclamando: ah, como está tarde, e de repente se lembrou de pôr as luvas e a máscara, como se fosse não minha boca, mas meu comportamento de pai desnaturado que exigisse aquela medida.

A consulta foi longa e demorada. Ele não teve o cuidado de aliviar a mão. Fez que eu sentisse dor, agredindo-me como a golpes de cinzel nos pontos mais inflamados. Quando senti a ponta de metal raspar sob a gengiva, bem ali onde as lascas dos incisivos afundavam na polpa dolorida, agarrei-lhe o pulso com as duas mãos. Ele se soltou, recuou e disse:

"Justamente como eu suspeitava."

Fiquei alarmado. Pensando em Gullo e Calandra, perguntei:

"Tenho alguma infecção feia na gengiva? Vai ser preciso descolá-la?"

"Não."

"Uma doença incurável?", insisti.

Deu de ombros e começou a tergiversar.

"Prefiro saber", exclamei.

Deu um profundo suspiro e declarou: nada, mas uma coisa era certa: para não ficar só nos incisivos centrais, os que eu tinha perdido, a primeira coisa que lhe vinha à mente, a menos preocupante, era o gigantismo das raízes e das coroas; e anomalia das formas radiculares. Teve a impressão de reconhecer, por exemplo, uma raiz em dupla curva: olhe aqui.

"E o que mais?", perguntei agitado.

Os nódulos aqui em cima e embaixo. O que eram? Vai saber o que eu guardava havia décadas — falou — naquelas minhas gengivas gigantes. Osteítes, talvez cistos; alterações de todo tipo. Ninguém nunca me disse? Isso é mau, péssimo. Seja como for, as radiografias falariam com clareza.

"Vamos fazer logo", falei, aterrorizado.

"Ah", exclamou, e girou sobre si mesmo, fazendo a perna direita de eixo e erguendo os olhos ao céu como se dissesse: entre falar e fazer, há um oceano no meio. Então me aconselhou: "Cuide primeiro de sua filha". Quando os dentes de leite caem — me repetiu comovido —, é preciso dar o máximo de atenção e de afeto aos filhos. Nós já temos nossas couraças, mas as crianças! Se o dinheiro não sobra, melhor concentrar as despesas nelas. "Viu", me perguntou, "como as gengivas de sua filha estão engrossando?" Fiz sinal que sim, desolado, mas mesmo assim ele resolveu me propiciar uma representação adequada da conformação de Michela, inchando as bochechas e esticando ao máximo o elástico da máscara. Depois voltou ao normal e bateu na testa como querendo dizer: oh, que imbecil!

"Agora vou lhe mostrar a boca de sua filha", exclamou.

Fiquei sozinho no consultório. Ele voltou um instante depois, trazendo uma estrutura de metal que articulava mandíbula e maxilar superior numa coisa só: um modelo com dentes de gesso, molares miúdos, caninos pequenos, incisivos enormes, tortos, acavalados. Era a boca de Michela.

"Molde perfeito", falou orgulhoso.

Desviei o olhar, mas ele insistiu: belo trabalho. É assim que se faz: despeja-se o gesso líquido na matriz de algina — a pasta rosa com que acabara de tirar meu molde —, e aí está. Entusiasmou-se, acionando alegremente o articulador de modo que os dentes de gesso fizeram clack clack em meu ouvido.

Vi Michela sem lábios, sem nariz, sem queixo: uma porção de sua caveira. Com a mão, tentei afastar a cor, o movimento, o som do articulador, clack, clack, clack. Senti um calafrio.

"O molde de sua dentadura será idêntico", me prometeu Lotto. Duas belas peças, tanto a minha quanto a de minha filha: o essencial é captar o formato à perfeição.

"Algina", experimentei escandir a palavra que eu não conhecia para fixá-la na memória. Algos: dor.

O dentista balançou a cabeça negativamente.

"Algas, plantas marinhas, sr. Oico. Tudo vem da terra e do mar. Extraímos cada coisa de lá." Então voltou a me exortar: "Cuide da menina, confie em mim". E embora fosse uns quinze anos mais velho que eu, quis me tratar como alguém da mesma idade, me consolando: "Nós já tivemos as coisas que devíamos ter, o que queremos mais?". Girou a mão direita no ar com o indicador e o médio levantados e unidos para me comunicar com aquele gesto que, na minha idade, não adiantava se agitar muito: mudar de mulher, mudar de família, mudar o destino. "A vida, meu caro Oico, já passou." Fim. Pronto.

Despediu-se depois de me prescrever uns comprimidos, mantendo-se sempre de luvas e máscara. Então me acompanhou até o corredor e gritou à secretária:

"Somente uma consulta de acompanhamento."

Nenhuma data agendada, pensei preocupado.

Atravessei a sala de espera, onde dois pacientes folheavam revistas nervosamente, e fui para a saleta da secretária.

"Consulta de acompanhamento", falei com dificuldade, congestionado de dor. Ela rebateu com uma expressão arrogante:

"Eu escutei, não sou surda", e cobrou cento e cinquenta mil liras.

Paguei: um roubo, ainda mais porque, quando pedi a nota fiscal, ela respondeu com irritação: claro, mas agora estou ocupada; vou enviar para seu endereço.

Eu já estava indo embora quando pensei melhor e falei, carrancudo:

"Me passe uma de suas indicações."

Eu precisava de um dentista honesto — esclareci —, competente, de poucas palavras e muito barato.

Mostrou-se mais branda. "Eu te avisei", sussurrou e, lançando um olhar de esguelha para a porta de Lotto, procurou num bolso. "Este não, este não, este não", descartou rapidamente, fazendo correr entre os dedos um número considerável de cartões de visita. "Aqui está", se decidiu, estendendo-me uma folhinha com uma anotação à caneta. "Este é ideal para o senhor: Via delle Mandrie, 27, telefone 22456785." Era um dentista veterano, muito experiente. Sem um consultório muito equipado, é verdade, mas sabia fazer seu trabalho: por uma quantia módica, botaria minha boca em ordem.

"Por que ele cobra tão pouco?", indaguei.

Ela me respondeu obscuramente:

"Não teve sorte."

"E como se chama?"

"Cagnano."

9

Num primeiro momento, aquele nome não me disse nada. Os nomes vêm e vão, se confundem: às vezes significam indivíduos, às vezes ectoplasmas, com mais frequência máscaras da malmagia.

"Cagnano", murmurei — um bo bo bo à flor dos lábios, que se parecia bem pouco com os sons como eu os sentia na mente —, e me vi na Via Cartone, atacado pela tramontana que trespassava o casaco, sob um céu de lâminas violáceas em meio aos últimos clarões. Já estava quase escuro. Eu me sentia oprimido pelo diagnóstico de Lotto e pelo sentimento de culpa em relação a Michela. Dobrei a esquina, olhei em torno circunspecto e cuspi na calçada os últimos fragmentos de pasta rosa. Não tinha mais kleenex.

Num chafariz oculto entre os carros estacionados, enxaguei a boca demoradamente, somando frio ao frio, mas não havia enxágue capaz de me sossegar. Só me reanimei um pouco quando descobri que através do espaço vazio dos incisivos eu podia injetar água, produzindo belos jatos que iam até longe. "Se soubesse fazer isso na infância", suspirei. Depois disse a mim mesmo: na infância, na idade adulta, que importa? E experimentei várias vezes, mirando alvos cada vez mais distantes.

Enchia a boca de água, avaliava a força do vento e, fazendo mira, me arremessava para a frente com o busto e o pescoço, retraindo bruscamente a língua e soprando o jato pelas lascas dos incisivos. Acertei com precisão — lembro bem — tetos de automóveis, para-brisas, o cesto de lixo, placas de proibido estacionar, gatos de rua. Só parei quando percebi que os passantes primeiro se viraram para me olhar e depois apressavam o passo, preocupados. Então entrei no Fiesta e fui embora dali.

Mas o mecanismo da imprudência já se desencadeara, e me senti propenso a fazer outras coisas disparatadas. Por isso telefonei a Maria Ida e perguntei se podíamos nos encontrar. Ela ficou sem palavras: não havia entre nós nenhuma intimidade que justificasse nem o telefonema nem o convite.

"Eu e você?", indagou perplexa.

Sim, respondi; imediatamente, se possível.

Estacionei nos arredores da Piazza Bologna e fui esperá-la na estação de metrô. Chegou numa Vespa depois de uns quinze minutos, protegida por um casaco azul, a cabeça num capacete amarelo.

"O que aconteceu?", perguntou com um tom levemente assustado.

Para ganhar tempo, respondi me queixando:

"De Vespa com esse frio? Quer ficar doente?"

Não, estava habituada; mas tinha os lábios azuis e as mãos — que segurei e apalpei — geladas.

"Sem luvas!", censurei, conduzindo-a para um bar.

O dono do bar era um jovem de óculos grossos e ar culto, que adorava Bill Frisell, como se podia ver pelo toca-fitas em volume discreto.

"Está melhor dos dentes?", perguntou Maria Ida, só para não ficar calada.

Convidei-a com um gesto da mão a se sentar a uma mesa bamba, num canto.

"Doem cada vez mais", respondi, como sempre falando com a mão diante da boca. De fato, eu sentia pontadas a cada som que tentava pronunciar; mas mesmo assim lhe contei como descobrira a arte de fazer esguichos. Frish, soprei em direção à cesta de lixo para mostrar como se fazia e prometi que, assim que o dono do bar trouxesse o chá, ela poderia apreciar a precisão do jato. Sorriu incrédula, ainda um pouco tensa, a pele do rosto arroxeada pela passagem do frio ao calor. Os olhos pequenos estavam alarmados, e provavelmente se perguntava: o que ele quer de mim? O capacete lhe amassara os cabelos grisalhos. Parecia a página úmida de um jornal que o vento grudara em sua cabeça.

Para manter a conversa viva e me mostrar interessante, decidi lhe confidenciar que, em minha opinião, existia uma memória alveolar. Expliquei o que era: às vezes eu botava a língua aqui — afastei a mão e mostrei a ponta da língua através do espaço deixado pelos incisivos rompidos —, e logo me vinham à mente vários detalhes da infância. Ela olhou minha boca com uma atenção de pronto-socorrista e então passou o indicador numa ruga da testa:

"Por que me chamou até aqui?", perguntou, suavizando os traços.

Dei de ombros, pensei: vou dizer a ela. Mas não tive ânimo de ir direto ao ponto e menti: a noite, o frio, a solidão, a dor nos dentes, a angústia. "Todos esses dentistas", falei, enumerando pedantemente na ponta dos dedos Gullo, Calandra, Lotto, "acham que tenho algum problema na gengiva."

"Você está ótimo", me consolou. "É verdade que os dentes quebrados não ajudam muito. Aliás, você também perdeu umas letras: o T, o L, por exemplo. Mas está com uma boa cor."

Naquele momento veio o chá, servido meio sem vontade pelo dono do bar.

"Bill Frisell", falei, acenando com um leve gesto de cabeça ao toca-fitas numa prateleira atrás do balcão. Ele assentiu e me estendeu a conta. Terrível: articulava os sons cada vez pior. Em vez de "Frisell", o rapaz entendera "quanto é", apesar de eu achar que entre "quanto é" e "Frisell" houvesse um abismo.

Paguei e, quando o rapaz se retirou com o dinheiro, perguntei a mim mesmo: "Por onde começo?". Beberiquei o chá, dois ou três goles, e então disse a Maria Ida que a sorte estava brincando feio comigo. Minha filha — confidenciei em voz baixa, como se fosse algo inconveniente — está ficando com os dentes iguais aos meus. Efeitos nefastos da reprodução. Além de nos refazerem no corpo — murmurei —, os filhos refazem as razões de nosso sofrimento. Barro e sopro divino não se harmonizam: imagens ruins, semelhanças ruins; às vezes, eu pensava que havia abandonado minha mulher para escapar ao espetáculo das partes de mim que ressurgiriam aqui e ali nos corpos das crianças.

"Os filhos, é verdade", ela comentou, como se até ali eu só tivesse falado da dor de cabeça que eles nos dão. Evidentemente eu não estava conseguindo produzir o efeito que esperava, talvez porque ela só decifrasse parte das palavras que eu dizia. Mas me dei conta de que ela não conseguia tirar os olhos de minha boca. Bom sinal.

"Você não entende", retruquei, escancarando mais a boca diante dela. O que aconteceu é que, a certa altura, depois de ter deixado mulher e filhos, os genes pérfidos de minha dentição explodiram dentro de Michela. O gigantismo desta arcada — exclamei, indicando a cavidade entre meus lábios para comovê-la — estava irrompendo em pedregulhos da boca de minha menina.

Maria Ida olhou ao redor meio sem jeito, mas não havia ninguém no local; apenas o dono do bar, que lavava xícaras ao som de Frisell.

"Acalme-se", me exortou, alongando timidamente a ponta dos dedos até minha testa. Então, encorajado por esse gesto, fui direto ao ponto: para consertar os dentes da menina seria preciso bastante dinheiro. Mas eu não tinha o suficiente. E duvidava que um dia pudesse tê-lo.

"Ah, sim, na nossa situação", ela concordou, lembrando o valor dos nossos salários.

Então resolvi tomar o rumo da desigualdade social. "Já reparou como os ricos têm belas dentaduras?", insisti. As pessoas abastadas envelheciam com a boca sempre mais em ordem, domesticando as forças cruéis da natureza. E os filhos dessa gente? Dos sete anos em diante, todos com aparelho nos dentes: fixos, móveis, de todo tipo. Todos cresceriam perfeitos, de modo que poderiam dizer à minha filha: dentuça, dentuça; vaza, vaza; olhe as presas da fera, olhe; oh, que dentes ela tem. Como tinham feito comigo quando eu era pequeno. Apontei minha boca: há alguns dias, tinha a impressão de que essas más lembranças estavam todas ali.

Maria Ida me olhou direto nos olhos. Depois se inclinou inesperadamente sobre mim, encostou os lábios nos meus, passou a ponta da língua nas lascas dos incisivos. Fiquei tão espantado que não recuei. Ao contrário, foi ela quem se afastou, ainda mais vermelha, como se o chá fervente tivesse queimado seu rosto.

Entre os lábios, tive a impressão de um leve abrandamento da dor.

"Consegui ver", falou, com a voz enrouquecida de ternura. Ao tocar minha gengiva, ela enxergara como eu era na infância, quando os meninos do pátio me perseguiam dizendo: olhe a fera dentuça, olhe os dentes que tem. Coitado, coitado, coitado. Murmurou com um olhar agora jocoso:

"Talvez exista de fato uma memória dos alvéolos."

Constrangido, não pude fazer nada senão manter um gole de chá na boca, mirar a cesta de lixo e disparar o jato além dos lábios. "Oh", ela exclamou. Depois de uma bela parábola marrom, o chá caiu na cestinha e o dono do bar me fuzilou com os olhos. Ergui imediatamente as mãos em sinal de rendição.

"Nem uma gota no chão", me justifiquei em voz alta.

Ele balançou a cabeça e se virou para o outro lado. Então me decidi, chega de conversa fiada.

"Preciso de um empréstimo", falei.

Maria Ida arregalou os olhos. Somente agora percebia o real motivo daquele encontro.

"De quanto você precisa", perguntou.

"Pelo menos cinco milhões de liras."

Riu com nervosismo.

"Daria para remediar."

"Como?"

"Você sabe", respondeu incerta.

Eu não sabia. Se soubesse, já teria ido atrás do dinheiro.

Ela riu de novo, muito tensa. Acenou de má vontade à escola, aos objetos de valor que havia lá. "Tantos roubam", falou desconsolada: estudantes, funcionários, professores. Muitos pegavam e levavam para casa, inclusive convencidos de que não estavam roubando. "Estava aí há tanto tempo sem ninguém nunca usar", diziam quando eram flagrados com a boca na botija. De resto, a situação estava feia, a maior miséria. O que roubavam na escola era coisa pouca, comparado ao que se roubava noutros lugares.

"Você também fez isso?", perguntei.

Negou. Somente umas resmas de papel e caneta esferográfica; talvez um grampeador; lápis número 2; e só.

"Quem você acha que eu sou?", exclamou ressentida. Deu uma olhada no relógio, disse que precisava ir.

Deixei dentro da boca mais gole de chá, avaliando deprimido: será que consigo acertar o toca-fitas daqui? Estava certo de que sim, mas o dono do bar me falou com os olhos: tome cuidado. Disparei o jato para a cesta com uma raiva dirigida sobretudo a mim. Dessa vez não acertei o alvo: o chá bateu no balcão, se desfez em mil escamas e começou a escorrer pela chapa de metal, até o piso.

Maria Ida olhou alarmada o dono do bar. Eu também. Ele se espichou para constatar o estrago e perdeu a cabeça num segundo, atacando-me sem preâmbulos com tamanha quantidade de insultos — cerrados, feito estalos de açoite, sons de arrancar o couro, sonoros como nas corridas de carroceiros que em dias de festa fazem um concerto com os chicotes, uma violência de palavras que eu não sofria desde os tempos de criança, conhecida em cada detalhe por causa da descendência materna, sons perfeitos na boca de minha mãe e carregados de homicídio na língua dos outros — que fui tomado de terror, não por ele (por ele também), mas sobretudo por mim, pelas respostas que me vinham à garganta, invenções ainda mais torpes e mais carregadas de desprezo, fabricadas com o mesmo dialeto, frases aprendidas na infância e enterradas sob camadas de língua livresca que agora, no entanto, se apinhavam na glote e queriam irromper para retalhar o dono do bar, a mãe dele, a avó, o sexo de ambas, masvaisefoder — idiotademerda!

Nesse meio-tempo o rapaz saiu de trás do balcão e agora estava à minha frente, com seus óculos grossos, fora de si, batendo um pano na mesa que fazia vibrar a chaleira, as xícaras, o açucareiro. Eu esperava que a qualquer momento ele me revelasse sob o avental imundo um uniforme verde-oliva, uma farda mimética de miliciano mercenário, cheio de cartucheiras. Ou uma faca de açougueiro. No entanto, ele só queria que eu limpasse tudo, imediatamente, e se dizia pronto a fazer isso e aquilo nos lugares mais secretos de meu corpo, caso eu desobedecesse. Queria que esfregasse o balcão, o piso, a cesta de lixo, tudo. Senti um sufocamento. Tentava dizer a mim mesmo: levante-se e limpe, faça como ele diz, tente reconhecer seus erros, responda com gentileza. Impossível, não me sentia preparado. Tanto mais que ele agarrara meu braço e me dava puxões, querendo me forçar a polir o pavimento; forçar minha pessoa de consumidor, de cliente que paga e tem sempre razão, a lhe servir de criado.

Não aguentei mais, dei um salto e lhe mostrei a boca. Mostrei-a não para que ele a contemplasse, mas para mordê-lo. Então ele arregalou os olhos e deixou o pano cair. O fluxo do dialeto se engasgou e sumiu. Palidíssima, Maria Ida me arrastou para fora dizendo:

"Chega, chega, vamos."

Também rugi contra ela certas coisas que não recordo, ao que reagiu falando:

"Mas o que é isso? Está louco?"

Acompanhei-a até a vespa em silêncio. Fizemos todo o trajeto de cabeça baixa, contra o vento, como passantes que marcham na mesma direção, com o mesmo passo, mas não se conhecem.

Comprei os comprimidos que Lotto prescrevera e examinei a bula, especialmente a longa lista das contraindicações: eritemas, prurido, urticária, sensação de peso epigástrico, dores abdominais, constipação ou diarreia, náusea, vômito, úlceras, gastroenterorragia, convulsões. Mesmo assim pressionei a bolha branca do plástico para que o papel laminado se rompesse do outro lado e o comprimido saísse. "Será que é incompatível com os remédios de Gullo e Calandra?", me perguntei.

Fiz mal, estava cansado, nervosíssimo: o nome de Calandra levou ao de Micco, e Micco se agarrou a Maria Ida, escavando à traição no rastro que ela me deixara entre os lábios. Em pouco tempo aquele contato gentil se transformou numa intrusão repugnante, e vi Micco passando a ponta da língua sobre os dentes de Mara.

Foi difícil expulsar a visão, porque me sentia arrasado pelo ataque de pouco antes, abatido pelo mal-estar, exposto mais que o habitual a pensamentos ruins. As hipóteses sombrias de Lotto — agora eu me dava conta — tinham agido em minha boca, inchando-a até o ponto em que a língua cada vez mais descobria novos inchaços de dor. Agora, até por causa do frio, o sofrimento corria pela mandíbula e se concentrava na altura das têmporas, na traqueia, no ouvido direito. Além disso, tinha uma crescente impressão de que todo o alfabeto se dissolvesse: bem mais que os eles, bem mais que as dentais e as labiodentais. C, e, f, g, i, m, o, s eram letras de ferro incandescente, que me rasgavam e queimavam a laringe como se o ato de abrir a boca acionasse um teclado que me marcava a fogo.

"Gullo, Calandra, Lotto, Micco", pronunciei para testar, e com o sopro condensado saiu de dentro de mim um gemido de dor.

Eu era de fato um doente terminal? Imaginei-me morto, Mara primeiro aos prantos, depois com a maquiagem refeita. A vida continua, me sinto tão sozinha — as mulheres dizem isso quando precisam de um homem, já dormia com Micco assim como nos aconchegávamos eu e ela, mas agora grávida, uma gravidez longa, nove meses que pareciam uma década, já que ela contava os dias um a um sem se distrair, enquanto ele os registrava solícito com um círculo no calendário ou analisava os exames de urina, comentando apreensivo: assim, assim.

Engoli dois dos comprimidos de Lotto, procurei um telefone, liguei para o número que a secretária dele me dera. Uma voz de mulher atendeu e, ao me ouvir, pareceu-me incrédula: eu queria marcar uma consulta com o dr. Cagnano?

Diante do tom, pensei em responder que não, mas depois disse que sim. Seguiu-se uma longa pausa. Então acrescentei num tom nervoso, escandindo as palavras com esforço: "Agora mesmo. Não posso esperar. No máximo amanhã. Preciso de algo definitivo".

Escutei um cric cric, como se a mulher ansiasse por encontrar o melhor horário e não conseguisse, passando a ranger os dentes.

"Pode ser às nove?", perguntou.

"Às nove", repeti; perfeitamente, Via delle Mandrie, dr. Cagnano.

Eu já ia desligar quando ela me aconselhou num rompante: "Mas, por favor, seja gentil com o doutor."

Com o doutor? Por quê? Fiquei um tempo com o fone no ouvido.

Fui ao cinema (o cinema me acalma, alivia toda dor) e, quando voltei para casa, Mara estava dormindo. Tirei a roupa com cuidado e me enfiei bem devagar debaixo das cobertas, mas não consegui evitar o movimento do colchão, o rangido das molas. Mara se ergueu sobressaltada, acendeu a luz e exclamou:

"Ah, ainda bem que está aqui. Eu estava sonhando que você tinha morrido."

"Durma", falei.

Ela me abraçou como se quisesse assegurar-se de que eu estava ali em carne e osso, me beijou ao acaso o nariz e o canto da boca, me pegou pela mão e, com o polegar e o indicador, apalpou meus dedos um a um, como se verificasse a integridade dos ossos. "Durma", sussurrei. Estava quente de sono, tinha os lábios secos. Já eu estava gelado. Apertei seu corpo contra o meu e a senti estremecer: passava a língua nos lábios, fazia um sinal de negação com a cabeça; não sabia se estava acordada ou se continuava sonhando.

Então a ajudei a deslizar de novo sob as cobertas. "Pronto", murmurei, beijando suas pálpebras fechadas. Depois, para apagar a luz de cabeceira a seu lado, tive de me estender sobre ela. Quando achei o interruptor e o quarto se perdeu no escuro, Mara teve um tremor por causa do clique e de repente me agarrou forte com o braço, de modo que perdi o equilíbrio. A parte de mim que ainda se apoiava nos lençóis, e que temia invadir sua sonolência, não conseguiu conter a outra parte que se estendera sobre seu sono; senti o tecido de sua camisola em minha bochecha, afundei uma perna entre as dela.

Agora o frio da noite se dissipava: na maioria das vezes, os leitos matrimoniais só servem para isso. Mas — percebi — dela também emanava um tepor que espantava os medos. Era um tepor denso e macio, que se apoiava sobre os lençóis como framboesas quentes sobre um sorvete. Deslizei sob as cobertas até o fundo gelado da cama e tornei a subir pelas pernas de Mara, enfiando-me dentro da camisola agora colado em sua pele, a boca entre os seios. Ela suspirou, um amplo suspiro. Avancei pelo decote e beijei sua boca.

"Mais", murmurou, cedendo prazerosamente sob os dedos, sob a língua, como uma invenção ainda predisposta a todas as formas. Suspirei em sua boca: minha; mas o adjetivo da posse — me dei conta — afirmou: eu. Minha, eu, minha. Experimentei um prazer tão intenso em me sentir ali, naquela cama, envolto com ela dentro da camisola — incontestavelmente "eu", naquele momento e naquele espaço —, que de fato não consegui mergulhar em sua sonolência de pensamentos, de imagens, de calor e de carne. Tanto mais inexplorável quanto mais o gozo o impunha.

Mara tinha sido longamente esperada. Certas pessoas, às vezes de maneira casual, se tornam o precipício de todas as imagens necessárias que guardamos, as mais vulgares e as mais impalpáveis. Se tio Nino me ensinara tango, isso havia ocorrido — como entendi com o tempo — para que eu derramasse agora, naquela cama, naquela noite, o desejo que ele cultivara pela mulher. Sem que eu soubesse, à necessidade de Mara colaborara, de modo desconexo, qualquer outro desejo não resolvido, apenas pressentido ou gestado por muito tempo, estimulado seja por aparências provisórias mas definíveis, com um nome e um sobrenome, seja por um desejo de nada, extenuante e sem objeto. Tinha se tornado — ela, subitamente — todas as blusas cortadas por minha mãe — trock trock —, bustos vazios que eu preenchia com o olhar, todas as pernas leitosas e largas de mulher, ondulantes na borda das mesas como meias de náilon postas para secar — ze-é ze-é —, todas as fotos colecionadas por meu tio junto com o frush dos pelos, todas as mulheres que eu tinha visto, as colegas de escola, os amores não declarados e os declarados, todos os nomes, todas as consoantes, todas as vogais suspiradas, escritas e reescritas. Eu havia sido esvaziado, rapinado, sugado; pensara em mim mesmo como um invólucro que só poderia reconquistar espessura apertando-a, mordendo-a e delirando: minha.

Por isso arrastara meus filhos para cá e para lá sem nenhum respeito pela infância, de repente livre da escravidão dos cromossomos. Todos os três. Eu os arrastara pela cidade à guisa de cobertura, de uma falsa identidade. Bom pai: a passeio nesse ou naquele parque — pode ir, mas não se afaste —, para que tomassem ar puro e crescessem brancos e corados, para que descessem no escorregador ou voassem no balanço. Ficções. Enquanto eles estavam ali, brincando, eu corria a um telefone distante dos olhos e dos ouvidos de Cinzia, discava o número de Mara e me consumia de desespero quando ela não atendia. Ou, se atendesse, eu logo me esquecia das crianças, do temor pelas consequências: ria, ha ha ha, falava bobagens, suspirava ai ai, insinuava palavras de amor, pedia um encontro, logo, amanhã, até imediatamente, agora. Ao mesmo tempo, observava de longe, como se fossem fotos ou imagens de um vídeo caseiro, Giovanni que voava pelo ar de modo perigoso, em pé na cadeira de balanço, e Sandra que chorava, fazendo sinais frenéticos em minha direção, e Michela — onde estava Michela? Em que canto do parque tinha ido parar? Que riscos estava correndo?

Eu não sabia nem me importava. Só me importava recomeçar do zero, seguir outro rumo, outras oportunidades, uma metamorfose que soava a beijos, smack smack. Só me importava fazer tudo isso na presença daquela mulher obscura e móvel do outro lado da linha telefônica. Só me importava com Mara me dizendo: "Amanhã, talvez. Hoje à noite não posso", e logo a respiração me faltava ao pensar na cidade que a devorava, à ideia de não conseguir encontrá-la mais. Pensava no momento que acharia um modo de ligar de novo, apenas para ouvi-la, e o telefone tocaria inutilmente — piii piii — e eu continuaria insistindo, a cada dez minutos, a cada quinze, mesmo sabendo que ninguém atenderia, que a casa estava deserta, que ela estava no cinema com outros, ou jantando fora; e no entanto piii piii, como se aquele som fosse em certa medida o máximo vestígio de sua voz, a única via acessível à sua existência, e ouvi-lo demoradamente com o fone grudado no ouvido pudesse de algum modo me acalmar.

Mara, Mara. Ainda agora não a sentia capturada, ser vivo que fugia pelo escuro sempre se transformando em novas formas enigmáticas. Na cama, prisioneiro de sua camisola, enquanto tentava ansiosamente, vorazmente, atravessá-la toda me perdendo e não conseguia, porque o prazer era um horror esquizoide, uma cisão entre paixão da ausência e necessidade de presença — enquanto se agitava líquida e às vezes se imobilizava como um fluxo de lava enregelado de repente, disse a mim mesmo: "Fantasias infantis. Primeiras leituras. Mal-entendidos. Palavras alheias, sequências de imagens que não me pertencem". Era aquela a matéria do amor? Por exemplo, agora que ela me apertava e sussurrava: "Não me deixe", de onde vinha aquela frase, onde a escutara, quem a pronunciara, por que a repetia, o que pensava que significasse, era de fato para meus ouvidos?

Chega. Muitos momentos de nossas existências separadas trabalhavam por dentro os minutos vividos juntos. O prazer — me dei conta — estava prestes a ser repelido pela apreensão. Ou pela suspeita: a língua de Micco passando na arcada de seus dentes como a de Maria Ida em minha gengiva. Temi que na sonolência Mara me chamasse de Mario. Por isso acariciei seu rosto, escapei de sua camisola e repeti: durma. Ela readormeceu balbuciando:

"Quem quebrou seus dentes?"

IO

Acordei sobressaltado e pensando: Cagnano. A ponta da língua me doía mais que a gengiva inflamada: devo tê-la pressionado durante toda a noite dentro do furo deixado pelos incisivos. Degluti repetidamente e senti o gosto ferroso de sangue. O dia desabou sobre mim, paralisando meu coração por um átimo.

Espichei o braço até Mara. Ela já estava de pé, a ouvi se mexendo na cozinha. Vai saber desde quando estava acordada, enérgica, ativa, nunca uma queixa por um incômodo ou outro. Eu me levantei com esforço e a encontrei pronta para sair, toda elegante. Temi que, após um cumprimento rancoroso, ela me deixasse prostrado numa cadeira, entre migalhas e pratos para lavar, o cinzeiro ainda cheio das bitucas de cigarro que ela fumara na noite anterior, enquanto me esperava inutilmente voltar para casa. Em vez disso, me penteou o cabelo com os dedos, me serviu o café, eu acrescentei o leite; depois, apressada e afetuosa, começou a tomar seu chá, de pé. Que maravilha, como me parecia bonita. Observei-a como se fosse uma pintura: talvez não se lembrasse de nada daquela noite. Não dizer nada: do resultado da entrevista, de Maria Ida; e retê-la assim, na cozinha, evitando até conversar para não dizer coisas sem propósito.

Mas falei:

"Como você fuma", mirando o cinzeiro.

Ela lançou um olhar para o cinzeiro e então perguntou:

"E os dentes?"

Balancei a cabeça desolado e ela ironizou, mas sem maldade:

"Nem o dentista de Cinzia está à altura?"

Respondi: que nada. Todos me olhavam — contei — como se eu tivesse algo horroroso na boca. Esse Lotto é o pior de todos. Falou-me de raízes anômalas, cistos. Fiquei bem preocupado.

"O importante é se cuidar", ela disse, "mas você gosta de perder tempo gastando a torto e a direito."

Para demonstrar que eu não era o inepto que ela achava, resolvi mencionar minha nova consulta. Com um tal Cagnano, falei. E acrescentei: "Somente agora, ao abrir os olhos, me dei conta de que ele tem o mesmo nome do meu primeiro dentista. Não Pagnone, Pignano, Pagnano ou Mugnano, como eu achava que era: se chamava exatamente Cagnano. Era filho de uma cliente de minha mãe, que na época tentava ser costureira: ela inventava uns modelos exclusivos".

"Foi naquele período", comecei a contar, indicando-lhe uma cadeira para que ela se sentasse e me ouvisse confortavelmente, "que eu passei a sonhar com frequência que era uma ave de rapina, mas depois descobria que, no lugar das garras, tinha unhas pintadas." Eram idênticas às de minha mãe. "Tenho de fato unhas de mulher", lhe mostrei. Até as orelhas, a testa, as sobrancelhas são exatamente como as que minha mãe tinha. Talvez a tenha devorado em sonho. Ou era ela que continuava me nutrindo com pedaços de seu código genético.

Nessa altura, percebi que Mara permanecera de pé e pedi mais uma vez que se sentasse, mas ela olhou o relógio e passou a beber o chá com goles mais rápidos. Eu não poderia — me pediu educadamente, apesar de irônica — continuar contando meus pesadelos de infância à noite, com mais tranquilidade? Ela também gostaria de me falar sobre a mamãe e o papai. Ou eu pensava que era o único a ter um passado, angústias, desejos, histórias? Ela também os tinha, mas também estava com vários problemas de trabalho. Se não ficasse no calcanhar de

Micco, ele a substituiria em tudo e fim de papo. Ela já me dissera isso mil vezes, mas, quando falava, eu nem sequer a ouvia. Por outro lado, eu pretendia que ela me escutasse palavra por palavra. Coisa que, aliás, lhe agradaria muitíssimo, mas agora era impossível. Não podia negligenciar o trabalho para ficar ouvindo minhas memórias.

Reagi mal. Disse que, para ela, nada do que me dizia respeito era urgente; e outros muxoxos patéticos, bot bot bot.

"Não sente como você está pior?"

Claro que eu havia piorado. Perguntei um tanto queixoso se ela queria pelo menos me acompanhar ao novo dentista: não tinha acordado bem; esse Cagnano tinha uma secretária meio desmiolada, que me deixara apreensivo; em resumo, eu não estava indo de bom grado àquela consulta. Mara olhou de novo o relógio, se irritou e passou a um tom mais ríspido. Eu não tinha entendido nada do que ela me dissera? Ou por acaso eu era um menino mimado que achava que ela era minha mãe?

"Não", respondi, "mas..."

"Mas?", ela replicou.

"Mas", deixei escapar, "você se preocupa bem menos comigo do que com o gato de Mario Micco."

Soltou um longo suspiro. Com falsa paciência, primeiro tentou me fazer entender que ir ao dentista não é o mesmo que ir para a guerra; depois gritou de repente, como se só naquele momento minhas palavras lhe tivessem chegado ao cérebro:

"Que novidade é essa? O gato de Mario Micco?"

Fiquei constrangido, murmurei: não é isso. Mas ela ficou vermelha e disse que, se eu tinha a intenção de fazer uma cena a pretexto do gato Suk, pensasse antes nas consequências. "Nas consequências", repetiu agitada, derramando as últimas gotas de chá na roupa. Correu para se trocar lançando palavrões de caserna.

"Devia ter ficado calado", censurei a mim mesmo e mirei a parede em frente, enquanto dos apartamentos contíguos chegavam lamúrias de meninos, vozes de adultos enfurecidos, barulho de pratos e rádios em alto volume que contavam violências de todo tipo, uma dentro da outra como caixas chinesas: portas arrombadas, paredes destruídas, militares armados dos pés à cabeça vasculhando casa por casa, mulheres que gritavam, estrondos distantes, crianças despedaçadas, eu que seguia Mara para impedi-la de sair, trancá-la em casa, destroçá-la. Quando baixei o olhar, me dei conta de que sobre a mesa, debaixo do cinzeiro com que ela quebrara meus dentes, havia o retângulo azulado de um cheque.

Peguei o papel, examinei. Mara tinha raspado o fundo de suas economias e os concentrara naquela folhinha que trazia meu nome e a assinatura dela. Era uma cifra bem mais alta do que eu achava que ela tivesse na conta. Corri para o outro cômodo, cruzei com ela vestida com uma roupa mais elegante que a anterior, soprei sons de comoção através do furo entre os dentes. Ela escapou de lado com um estremecimento, como se tivesse medo de mim; depois, quase correndo, chegou até a porta e saiu batendo-a com força. O rádio — notei — agora difundia música: piruli, pirulá.

II

Fiz a barba e me vesti, todo contente. Quando me sinto amado, não há mal-estar que resista. Mas durou pouco. Estava amarrando os sapatos quando me veio à mente:

"É, ela está a ponto de me deixar."

Aquele dinheiro era só um ressarcimento, não queria deixar contas em débito. No instante seguinte a imaginei no bar com Micco: o chá, de pé na cozinha, não fora suficiente; agora estavam tomando café juntos em algum bar, um cappuccino, um croissant ainda quente, risinhos. Pus a cara na janela: nenhum vento, um pouco menos frio; a tramontana tinha ido embora sem raspar a poeira preta que estragava a cor dos edifícios; nada de sibilos, de plantas derrubadas nas varandas, de vasos quebrados; somente nuvens de cartão-postal. Saí para sacar o cheque.

Na fila em frente ao caixa tentei pensar noutras coisas, por exemplo, em quando minha mãe me levara ao filho da viúva Cagnano, coisa de muitos anos atrás. Quem nos abriu a porta foi justamente ela, uma senhora de cabelos azulados. Ela me pareceu feia e velhíssima. Ela se sentou num sofá de couro diante de minha mãe, que por sua vez ocupou uma poltrona. Tinham boas relações e conversavam com intimidade. Já eu só pensava em meus problemas, nauseado pelo cheiro algo doce que havia na casa e com um zumbido que se ouvia, intermitente: uma espécie de ziir, um som veloz e penetrante que, mais do que atingir meus tímpanos, batia dolorosamente contra meu dente defeituoso, prometendo torturas pavorosas.

A viúva achou que devia me entreter e correu para buscar vários álbuns de fotografia. O marido havia sido um grande general da guerra da África, o famoso general Cagnano. Mostrou-o de uniforme, sempre acompanhado de outros militares. Eram fotografias que inspiravam certa labilidade: os uniformes apareciam sempre muito nítidos, inclusive os chapéus, mas os rostos eram quase brancos, umas sobrancelhas aqui, uma boca ali, um par de bigodes, nada mais. Até as paisagens se mostravam tão nuas que, daquela África onde transcorrera a guerra, no fim das contas parecia que não tinham registrado nada. Era difícil entender se o marido da senhora estava realmente dentro da farda que ela me indicava ou se ele dissera aos panos, aos bigodes: já volto.

O mesmo se podia dizer sobre muitos fantasmas de homens em roupas brancas, mas que, ao contrário dos soldados, tinham os rostos negros. Estavam contra um fundo de casas também brancas, e seus rostos pareciam não um rosto, mas um buraco na parede, marcas deixadas por canhonaços. Enquanto apontava aquelas figuras, a viúva exclamava diversas vezes, com ódio: o inimigo. E também fez gestos homicidas com a mão, movendo-se da foto em direção a meu peito e fingindo estar armada de escudo e lança. Acompanhou os gestos com o som: za-zza, za-zza. Segundo ela, eu devia achar sua pantomima muito engraçada; na verdade, só esperava que me deixasse em paz; não me importava nem um pouco com seu za--zza, za-zza. Eu me sentia ameaçado sobretudo pelo ziir que vinha do outro cômodo.

Por outro lado, a velha agia com boas intenções. Estava muito preocupada — disse — com aquele menino "que precisa se livrar da horrível cárie e recuperar o dentinho". Falava assim, de modo afetado. Chegou a exclamar: Que bela boca você tem! Depois declarou que não queria que eu me entediasse. De maneira nenhuma. Assim, me permitiu contemplar uma lança e um escudo de couro pintado que o marido havia arrancado ao inimigo durante a batalha.

Para me livrar da velha, fingi que achava tudo aquilo interessante. Preferia observar a lança e o escudo com olhar de tonto, como se tivessem me deslumbrado, a continuar suportando suas cortesias. Enquanto isso, apurava os ouvidos para entender o que os sons que vinham do consultório de dentista preparavam para mim. É claro que aguçei tanto os ouvidos que captei, misturado ao ziir intermitente e a uma voz feminina que de vez em quando gemia "aah!", "aah!", "aah!", um segredo que a velha senhora começara a confidenciar a minha mãe, em surdina. Em poucos minutos, compreendi com clareza que o segredo da esposa do general era terrível.

Estacionei a dois passos da escola fundamental onde meus três filhos estudavam. Agora eu não tinha mais dúvidas: aquelas lembranças me ocupavam não a cabeça, mas a boca. Tive a impressão de que minha mãe e a sra. Cagnano estivessem assentadas, pequenininhas, sobre as lascas dos dentes quebrados, trancadas num quarto minúsculo que era parte de um prédio também minúsculo; como se o edifício daquela época tivesse seus fundamentos sobre a rocha cravada na polpa da gengiva e tombasse de cabeça para baixo rumo à ponta de minha língua todas as vezes que eu tentava pronunciar: Cagnano.

"Nosso corpo é habitado", pensei. Bem mais que a memória. Tudo o que experimentávamos não parava no cérebro, mas se miniaturizava em alguma parte do organismo. Eu punha a língua sobre as lascas dos incisivos e pronto: escutava a voz da sra. Cagnano contando seu segredo a minha mãe; ouvia nitidamente seu timbre, até o perfume de jasmim.

Foi em meio àquelas sugestões que vi Giovanni, Sandra e Michela, estavam indo para a escola. Ele levava as irmãs pela mão, uma de cada lado, como a mãe e eu sempre tínhamos recomendado; mas as puxava sem delicadeza, zangado porque, por causa das duas meninas, não podia entregar-se às perseguições e brincadeiras perigosas com os colegas. Esperei. Sabia que, assim que chegassem ao pátio, Sandra escaparia de um lado e Giovanni do outro, como se não se conhecessem, e Michela ficaria sozinha, em parte feliz, em parte assustada.

Foi exatamente o que aconteceu. Quando vi a menina num canto, à beira dos bandos de alunos e das brigas entre pais que estacionavam em fila dupla ou tripla para descarregar os filhos, atravessei rapidamente a rua e gritei a Michela: "Olhe quem está aqui!". Peguei-a pelo braço e lhe dei uns apertos. "Aqui estou", disse, cobrindo-a de beijos. Com a mesma rapidez, voltei para o Fiesta, coloquei minha filha no banco de trás e fomos.

"É um sequestro?", perguntou entusiasmada.

"Um empréstimo", falei, "depois a devolvo."

"Aonde vamos?"

"Ao dentista."

"Ele vai me fazer mal?"

"Que nada! Eu estou do seu lado. Mal coisa nenhuma! Ele jamais se atreveria."

Dei a partida e me perdi no tráfego da Prenestina. Era um daqueles dias tenebrosos: acidentes em série, freadas bruscas, sirenes, crepitar de vidros triturados sob os pneus, guardas de trânsito soprando seus apitos. Eu observava as pessoas nas calçadas, a fuça das que estavam nos carros. Todos pareciam estar nas ruas sem convicção. Mas mantinham o passo ou o rosto de quem não confia, talvez por causa do céu elétrico carregado de chuva. Vai cair água, mas somente água? Quem verificou se a estrada suportará? Quem se certificou de que o edifício é sólido? Quem disse que os semáforos não entrarão em tilt? Quem disse que o leite não está envenenado? Quem disse que a ambulância vai vir? Quem disse que o médico estudou e sabe o que faz? Quem disse que o bonde não saltará no ar como uma lesma adestrada num circo? Quem disse que o céu não vai desabar em placas e a terra não subirá em pó? Morte e destruição atrás da esquina, a um passo da passarela, za-zza.

Torci um braço para trás, cutuquei a barriga de Michela com a ponta dos dedos e mencionei o famoso general Cagnano, já ouviu falar dele? Tinha sido um general-fantasma, da época em que eu era pouco mais velho que ela. Ele marchara por muito tempo sob minhas ordens, para consertar o mundo. Eu tinha certeza de que tudo no planeta se ajeitaria por mérito meu, e brincava de ser aquele que põe todas as coisas em ordem. "Quem quer que nasça", disse a ela com o tom que um pai deve adotar quando dá lições de vida, "tem a convicção de que ou as coisas se ajustam por mérito seu, ou então tudo explode pelos ares." Bum, fiz com a boca. E como uma palavra puxa outra, também lhe falei da viúva Cagnano, de como ela havia feito: za-zza. Já estava a ponto de contar sobre a camareira Ciuta e revelar aquele segredo que eu nunca disse a ninguém, quando ela me pediu interessadíssima:

"Repete tudo de novo? Não entendi."

Recomecei do zero, um duplo relato: o primeiro, mudo, passava por minha cabeça e ainda me impressionava; o segundo, exclusivo para ela, sonoro, cheio de versinhos para fazê-la rir. De resto, Michela gostava dos detalhes: como a avó estava vestida, como eu estava vestido, se eu já tinha um relógio, se minha mãe usava brincos, se a viúva do general tinha muitos colares, um diadema, se usava batom. E Ciuta? Como era a camareira? Tinha os olhos maquiados de maquiagem cintilante?

Não me lembrava, inventava só para ela. Na verdade, eu só sabia que Ciuta parecia uma garota sem nenhum defeito. Fazia tudo direitinho, não deixava passar nem um grão de poeira, cozinhava magnificamente. Mas tinha uns olhos de maga muito perigosos e, por trás da aparência de pessoa correta, estava preparando engodos horríveis. De fato, numa tarde de não muito tempo atrás, ela se deitara às escondidas na cama em que a esposa do general dormira por décadas abraçada ao general em pessoa. A camareira acreditava que ninguém se daria conta, mas a velha senhora entrara de repente no quarto e a surpreendera ali. Não desacompanhada.

O jovem dentista — captei o que a viúva falava à minha mãe —, enredado por certas artes de Ciuta, tinha sido violentamente atraído por aquela garota, como acontece com os ímãs. Deitara-se na cama com ela e se enfiara sob sua pele. Devia ter feito — pensei — o mesmo que eu fazia com os alfinetes roubados de mamãe. Deslizara pela epiderme dela, sem sangue, sem romper nem mesmo um vasinho, e terminara envolvido em sua pele da planta dos pés à testa, como dentro de uma camisa.

Acontece que, ao contrário de meus alfinetes, o filho não conseguiu mais sair lá de dentro. A maga não queria deixá-lo ir e o mantinha apertado sob a pele. Pretendia levá-lo embora embrulhado assim, tíbia contra tíbia, ventre contra ventre, peito contra peito, anulando os sacrifícios que a mãe fizera por ele. Terrível. Minha mãe escutava e exclamava com razão: oh!

Senti uma perturbação intensa, uma mistura de repulsa e desejo. Uma mulher podia fazer isso com você? Capturá-lo dessa maneira? Senti um calor agradável, mas que me pareceu uma culpa. Talvez Ciuta estivesse agora no outro cômodo com o dentista, naquela posição incômoda. Juntos, estreitados assim, faziam ziiir. Ou talvez não. "Precisei me livrar logo dela", disse a velha senhora à minha mãe: isto é, de Ciuta, apesar de seu filho não querer. Impôs àquela garota — contou — um corte decisivo. De cima a baixo, imaginei, e vi a pele de Ciuta lacerada, talvez pela lança do inimigo negro, talvez com a ponta de um alfinete. O dentista saíra voando feito uma borboleta. Já a garota permanecera no leito do general com a pele das coxas, do ventre, do peito e da testa eriçada e pálida: uma bexiga estourada.

Àquela altura, comecei a lançar olhares assustados à minha mãe: vamos embora desta casa, vamos. Mas ela sorria com interesse para a viúva Cagnano, ou então escancarava a boca de espanto. Por fim, entrou no consultório do dentista sem demonstrar apreensão, empurrando-me à sua frente e dizendo: "Aqui estamos". Enquanto isso, a esposa do general me dava uma última espetada alegre de lança com a ponta dos dedos (za-zza) e instruía o filho assim:

"Vamos refazer o dentão deste rapazinho."

Eram essas as frases que Michela adorava, e eu as declamava com voz grave, perdendo as letras que não conseguia pronunciar. Eu as sussurrava com o tom de um ogro e depois a olhava no espelho do retrovisor, para ver se ela estava se divertindo. Ria com suas pedras desmedidas, que avançavam além dos lábios. Pedia "mais!", e eu repetia: "Bamoch rebazer o em-ão chesse rabazinho". E então gritava: za-zza, ziir.

Parei para consultar o guia de ruas umas duas vezes, mas a menina estava impaciente, queria saber a continuação da história. Eu também. O que ia acontecer? Eu perguntaria a esse novo dentista da Via delle Mandrie, extrema periferia da cidade, bem no final da Prenestina, à beira do anel viário: o que se pode fazer por Michela, e o que ele achava sobre mim; era capaz de dar um jeito na boca de ambos ou eu era de fato um caso perdido? Podia trabalhar em favor de bons dentes, boa vida, boas memórias para pai e filha?

Listei mentalmente o que Michela recordaria daquela manhã. A cor do Fiesta. Minhas roupas amassadas. As da viúva tal como eu as inventara. As joias que minha mãe nunca teve. O balbucio desse pai fugitivo, um tanto malvado, um tanto bufão, quem sabe como eu era realmente, quem sabe. Minha voz de menino, não a verdadeira (que voz eu tinha?), mas a que eu imitara, uma voz da ficção para lhe dizer o que eu havia pensado e dito ao dentista Cagnano, filho do general Cagnano.

Que se revelou — lhe contei — um jovem alto, rosado, de cabelos louros de corte baixo e olhos claros. Estava lavado e passado da cabeça aos pés: a cápsula de ouro dos cabelos era bem assentada sobre a fronte lisa de jovem; a barba, tão raspada que parecia uma leve faixa azulada de névoa em torno da pele auroral do rosto; o avental branco não tinha uma dobra; e as mãos, oh, que mãos, tão impecáveis, não tinham um único grão de poeira sob as unhas. Não parecia filho do general Cagnano, mas do dr. Knapp.

Pus os olhos nele e decidi que o odiava. Não gostei de como me descartou com o olhar e se concentrou em minha mãe. Foi uma atitude irritante, sem tato, isso não é jeito de se comportar com crianças. Eu me senti apenas um pequeno obstáculo na trajetória ávida de suas pupilas. Quase senti o empurrão daquele olho distraído, que me golpeava e passava além. Cagnano me ultrapassou e foi direto à boca de minha mãe. Partiu dali e depois desceu do pescoço aos pés, centímetro por centímetro, com um interesse tão desprovido de boas maneiras que me ocorreu dizer-lhe imediatamente, só para deixar tudo claro: "Atenção que esta é minha mãe, não a sua. A sua é aquela velha com a lança e o escudo. Olhe para ela".

Não o fiz por vários motivos; dentre outros, pelo fato espantoso que se seguiu. O jovem se dobrou para a frente como se fosse dar um salto mortal. Em vez disso, agarrou a mão de minha mãe e a beijou de surpresa. Já adulto, nunca ouvi falar de um dentista que fizesse o beija-mão a uma paciente. Mesmo naquele momento, achei algo inadequado, e decidi ficar num canto e me manter alerta. Cagnano me parecia contente demais por ter uma paciente como aquela. Ria, brincava.

A certa altura, convidou-a a se acomodar numa poltrona de couro preto ("Por favor. Sente-se na poltrona da dor", a chamou assim) e começou a pressionar um pedal com o pé. A poltrona se ergueu do piso. Ele falava, e minha mãe subia rindo como num teleférico. Subia, subia. Subiu tanto, que temi que um buraco se abrisse no teto e ela desaparecesse no andar de cima. Mas o dentista parou de pedalar. Quis apenas mostrar a ela o portento de sua poltrona da dor.

"Agora me faça descer", disse minha mãe, toda contente com aquele teste do mecanismo.

A poltrona fez pruf, pruf, pruf e voltou ao piso.

Depois daquela exibição, o jovem assumiu um ar mais profissional. Solicitou educadamente: "Pode abrir a boca?". Minha mãe respondeu com firmeza: "Certo, mas nada de broca". Ele concordou: "Por enquanto, não". E se estendeu sobre ela, metade do corpo sobre o braço de apoio, metade sobre uma perna, o tronco sobre o busto dela, enquanto raspava entre seus dentes com um ferro, fazendo-a gemer assim: "Oh, ah, oh".

Ao ver aquela cena, bem iluminada por uma luz de refletor que jorrava sobre a poltrona, tremi de raiva e de pavor. Agora que eu podia observá-lo em ação, rapidamente me convenci de que Cagnano tinha más intenções. Com certeza foi ele quem induziu Ciuta a se deitar na cama do general. Não era ela a maga, pobre menina: o malvado era aquele jovem. Por isso tive medo de que ele de repente levantasse a saia de minha mãe e se enfiasse sob sua pele à traição, como tinha feito com a camareira. Eu desconfiava de que aquela vocação do dentista, além de torpe, fosse insultuosa, e continuava tremendo, de um tremor ondulado que ondulava todo o ambiente, mas não sabia o que fazer para impedir que se manifestasse. Estava tenso, vigilante, ainda que me sentisse distante, com pernas e braços curtos demais para superar a distância, agarrar Cagnano pelo avental e arrancá-lo da poltrona da dor e de cima de mamãe.

De resto, ela também parecia cansada daquele tratamento e agarrava a mão dele armada com o ferro, gorgolejando: uargh, uargh! Mas o agarrava sem a hostilidade que eu esperava. Não o afastava de sua boca gritando: chega! Apenas apoiava a palma sobre o dorso da mão dele, submissa. Depois o soltava logo, e a palma ficava a poucos centímetros de sua pele, como um avião em voo rasante; então aterrava de novo sobre a mão armada, repetindo mais forte: uargh, uargh!

Por um lado, aquele gesto me confortava; por outro, acabava me deixando ainda mais ansioso. Não era um contato que cedia aos jogos do dentista? Não era, sem querer, uma carícia em sua bela mão? Não vinha ao encontro de suas aspirações mais secretas?

"Pronto", disse Cagnano, "pode se limpar."

Congestionada e com os olhos brilhantes, minha mãe cuspiu numa pequena bacia que estava ao lado. O dentista aguardou rente à poltrona, compenetrado como um oficial da cavalaria. Ela se reclinou de novo sobre o espaldar, enxugando a boca com um lenço.

"A broca, não", disse de modo mais brando, como quem formula uma prece que sabe inatendível.

O jovem sorriu com seus belos dentes regulares e a convidou a abrir a boca de novo. Pelo tom que usou, compreendi que a machucaria muito. Também entendi que eu ficaria lá, sentado, contemplando o sofrimento de minha mãe sem poder fazer nada para evitá-lo.

Contemplando, sim, não errei o vocábulo. Pela primeira vez na vida, recortei para mim um espaço — a cadeira em que estava sentado, a superfície do pavimento no qual a cadeira se assentava, o paralelepípedo de ar que partia das lajotas e subia com paredes invisíveis até o teto — e dali olhei o que se seguiu, reduzindo ao mínimo a reação afetiva. Sem que eu me desse conta, a impotência se transformou numa prova de resistência, como se agora a partida se jogasse do seguinte modo: ele acredita que vou sofrer com aquilo, que vou ter ânsia e olhar para o outro lado; no entanto, não, não desviarei o olhar, não vou tapar os ouvidos; e, mesmo assim, não sentirei dor pela dor que ele infligirá a ela. "Vamos ver quem leva essa", pensei.

O dentista se virou para um instrumento ameaçador que pendia à sua direita, uma espécie de caneta-tinteiro de metal, ligada a uns braços de cor amarela ao longo dos quais passavam cordas esticadas em torno de polias. Pegou o objeto e o aproximou da boca de minha mãe, que primeiro arregalou os olhos e depois os fechou. Os segmentos de metal se moveram acompanhando os movimentos da mão de Cagnano, que ordenou: "Parada!". Então ele meteu o pé num pedal, e pela sala explodiu o ziir que eu já tinha ouvido. Só que agora era um ziir com maiúsculas, em letras garrafais e percorridas por vibrações. Saíam do corpo do dentista, elas mesmas aterrorizadas por sua origem, e iam se inscrever na poltrona, nas paredes da sala, no dente de minha mãe, em sua mandíbula.

Ao segundo ataque da broca Doriot — agora, enquanto a descrevia para Michela como o braço poderoso de um guerreiro com quem eu me batera na infância, a reconhecia e lhe atribuía um nome —, minha mãe esticou bruscamente a perna direita, agarrou com ambas as mãos a mão que a atormentava e tornou a arregalar os olhos, como se tivesse percebido quem sabe que verdade aterrorizante. De seu lado, aderindo com força à poltrona e a um ombro dela, o dentista repetiu com dureza: "Parada, por favor!". Minha mãe respondeu desesperada: "Uargh! Uargh!". Eu permaneci impassível, pensando: "Vamos ver quem é mais forte! Vamos ver quem leva essa! Quando for minha vez, não vou dizer nem um ah".

Cagnano se afastou dela com um suspiro e disse: "Pronto, pode se limpar". Minha mãe se ergueu da poltrona com os cabelos desfeitos, como se tivesse recebido um forte golpe de vento. Lavou a boca e cuspiu na bacia. Então se levantou segurando o lenço nos lábios. Observei-a com olhos novos. Parecia ter perdido algo importante naquela metamorfose que fazia ziir; ainda que, no fim das contas, só lhe tivessem caído dois grampos dos cabelos, os quais agora ela catava no assento da poltrona, e aí está: os cabelos estavam em ordem de novo, e de novo ela era uma mulher de vinte e oito anos, linda como todas as mães.

Não perdeu nada — me convenci, aliviado; mas uma parte de mim sabia que não era verdade: algo tinha sido perdido, irremediavelmente. Em seguida — muito mais tarde —, entendi o quê: minha mãe tinha perdido a invulnerabilidade. Daquele momento em diante, temi que lhe pudesse ocorrer qualquer acidente, ao passo que antes eu só sabia que ela era minha mãe e que "minha mãe" era uma expressão inacessível a todos os outros, exceto a mim: uma imagem minha, uma caixa-forte para minha existência, uma roupa de mergulho para evitar as mordidas da água fria. É verdade que eu tinha de compartilhá-la com os irmãos, mas ela sabia dividir-se e recompor-se em alegria, pondo ordem nas rivalidades e violências. Compartilhá-la assim era bem diferente de compartilhá-la com os perigos do mundo, com os assaltos casuais dos acontecimentos, uma imagem dolorosa, trespassada de sofrimento, degradada pela ameaça de morte. Enxerguei-a como um estojo desgastado, que já não é capaz de garantir a segurança dos instantes, o prazer dos minutos, o jogo das horas. Era ela quem precisava de proteção, e apesar disso fiquei apenas observando enquanto ela sofria.

"É sua vez, rapazinho", disse o dentista.

E mamãe repetiu num sopro, pondo o lenço na bolsinha: "É sua vez."

"Como a vovó morreu?", Michela me perguntou. "De dor de dentes?"

Morreu? Sua avó — respondi — extraía uma vida da outra e depois outra, fazendo trock, trock. Pena que não estivesse com suas tesouras naquele dia. Ou estava? Eu — quando ela saiu da poltrona — subi no assento rapidamente. Entendi que não devia fugir do mal, mas ir ao encontro dele.

"Agora vamos dar um giro no carrossel", disse o dentista, achando que me agradava com aquilo, e se preparou para fazer a poltrona subir. Sacudi a cabeça, abri a boca arregalando os olhos contra a lâmpada sobre minha cabeça. Ele deu de ombros. "Este rapazinho é sempre assim tão sério?", perguntou à minha mãe, e cutucou meu dente ruim com um de seus ferros. Senti dor, mas não disse uargh. Queria declarar a ele minha inimizade e ao mesmo tempo indicar que não havia dor que pudesse me abater. Descobri assim, naqueles minutos, que havia algo melhor que se isolar na contemplação e resistir. Parado, de boca aberta, sem ceder por um segundo sequer à tentação de fechá-la ou de agarrar a mão de Cagnano ou de me desvencilhar ou suspirar de sofrimento, comecei dentro de minha cabeça a deslizar para baixo, até as plantas dos pés, até o piso, até debaixo do piso, até os fundamentos do edifício, até as vísceras da terra. Quando Cagnano me dizia cuspa, eu respondia sério: "Sim, obrigado".

Obrigado, por favor, tudo bem, sim. Eu me sentia invencível. Quanto mais eu imergia nas profundezas, mais enxergava apenas formas vagas das coisas; e a dor desaparecia, flutuava por sua própria conta, dores alheias, muito mais além.

Minha mãe também me parecia outra. Caminhou pelo teto de cabeça para baixo. Exatamente assim. Fez isso por duas vezes, com desenvoltura. Depois parou sobre minha cabeça, e sua saia caiu, e a barra lhe cobriu o nariz e beirou de leve as pupilas felizes, o olhar cativante, como se fosse uma mulher das Arábias. "Como você está suado", me disse, "está se sentindo mal?" O dentista a tranquilizou: "Já terminei", e a broca Doriot fez ziir, e minha mãe traçou uma espécie de parábola no ar para se juntar a mim, pés no assoalho, com a saia e tudo o mais ajeitado.

Cagnano se desviou de lado e fez uma continência. "Parabéns", me disse. Nunca tinha visto um menino tão corajoso. Se tivéssemos contado com soldados assim — entusiasmou-se —, não teríamos perdido a guerra. "Pobre de meu pai", suspirou, enquanto desenroscava a ponta da broca. Malditos traidores — acrescentou. Então me fez a saudação militar com a direita apoiada no supercílio alourado, como merecem os mais valentes. "Gosta da guerra?", me perguntou, segurando meu pescoço com dois dedos. Silenciei. Não queria nenhuma conversa com aquele homem, nem sequer uma sílaba que denunciasse o medo: medo dele, das terríveis surpresas à espreita pelo mundo. Que desperdício de coragem. Será por isso que me tornei tão covarde?

Percebi que tinha me perdido. Guiava debaixo de uma garoa gelada, e o limpador de para-brisa de repente parara de funcionar. Quando me ultrapassavam, carros e caminhões erguiam jatos de água e lama que se derramavam no para-brisa e na carroceria do Fiesta.

"Pode repetir essa história para mim?", Michela tornou a pedir. Fiz um sinal: só um instante — e deixei o anel viário na primeira saída que encontrei. Fui parar na frente de um quartel dos bombeiros e pedi informações a um jovem fardado. Ele me disse por aqui, depois por ali, depois de novo por aqui. Ignorava o uso de "direita" e "esquerda"; por outro lado, como eu não entendia as instruções e insistia para que as explicasse, ele se irritou:

"Onde você está com a cabeça?"

Voltei para o carro pensando que aquilo não era um bombeiro, mas um exterminador desses que se veem nos telejornais. Cagnano — contei a Michela, dando a partida — tinha examinado minha boca e imaginado que eu me tornaria um guerreiro e assassino. Mas ela me via como um guerreiro, um assassino?

"Sim", admitiu minha filha, admirada com os horríveis olhares de criminoso que eu lhe lançava pelo retrovisor. Me recompus e confessei: "Não que, na infância, a guerra me desagradasse: ao contrário, me agradava muito, mas não tanto o combate, e sim sobreviver e contar como me defendera com unhas e dentes. Sobretudo com os dentes". Meus irmãos iam frequentemente chorar e se queixar com nossa mãe: diziam que eu era malvado, que os mordera com os dentes vorazes, com aquele exército de incisivos e caninos robustos que crescera em minha boca. Mamãe me punia: *é proibido morder*. Eu sabia disso, e não queria; mas a ideia de morrer durante uma batalha — de não estar entre os que contam como ela foi, quem ganhou e quem perdeu — me deixava feroz. Uma ferocidade que omiti à menina para não me tornar, aos olhos dela, um exemplo ainda pior do que eu já era.

Preferi contar que, a fim de ser perdoado, eu fazia em todos eles um relógio de pulso, até em minha mãe. Consistia em dar uma mordida leve em cada um, só o suficiente para deixar um círculo com a marca dos dentes. "Devagar", diziam meus irmãos: ai, ai. Depois olhavam contentes o círculo e fingiam ver que horas eram: são três da tarde, são quatro, são quinze para as cinco. Os relógios que eu fazia eram muito apreciados. Eu teria passado a vida — disse a Michela — fazendo relógios. E lhe ofereci uma das mãos:

"Me mostre se você consegue."

Ela me fez um relógio enorme, com marcas profundas na pele.

"Que horas são?", perguntei.

Ela olhou o dorso de minha mão e disse:

"Onze e dez."

Verifiquei no relógio de verdade que trazia no pulso. Eram nove e meia. Viajava às cegas entre vielas meio rurais, meio urbanas, e de vez em quando indagava a algum passante trêmulo de frio: onde fica a Via delle Mandrie? É por aqui?

12

Via delle Mandrie é uma ruazinha de Tor Sapienza. Estacionei numa praça que tem um bar, uma agência dos correios, bancos de feira do interior e um chafariz. Segui pela Via degli Armenti* — ali, todas as ruas têm nomes de bichos, de ninfas, de heróis silvestres — segurando a menina pela mão. Percurso úmido e gelado, entre prédios novos com alguma pretensão e casas pobres, com portões em frangalhos. Entramos na rua que procurávamos, uma viela à direita, com muretas amareladas e edifícios violáceos de reboco descascado. Numa das caixas postais que estavam num átrio todo grafitado, cheirando a alho, encontrei o sobrenome Cagnano acompanhado da inscrição com caneta vermelha: consultório odontológico. Comecei a subir as escadas, examinando as placas ao lado das campainhas. Michela vinha atrás de mim de má vontade, insistindo:

"Me conta outra vez a história da vovó."

Toquei e logo a porta se abriu, como se do outro lado estivessem havia tempos com a mão na maçaneta, esperando apenas que a campainha fizesse plin plon. Entrevi um avental branco do qual saía uma perna feminina, metida numa meia grossa de anciã. O resto estava escondido pelo batente.

"O senhor?", perguntou uma voz um tanto rouca.

"Oi", consegui dizer com clareza, antes de parar com a boca atravessada pela dor.

"Pode entrar."

---

* "Rua dos Rebanhos". [N. E.]

Michela entrou imediatamente, arrastando-me para dentro. Penetrei num ambiente estreito, sem janelas, que parecia ventilado pela luz elétrica que batia nas paredes atapetadas do teto ao piso com uma paisagem lacustre num belo dia de outono. A mulher, uma senhora idosa de corpo largo e cabelos grisalhos, saiu cautelosa de seu abrigo e trancou a porta. Talvez fosse a mãe do dentista, talvez a esposa. Com certeza foi ela quem me disse ao telefone: "Seja gentil com o doutor". Eu seria gentilíssimo: não queria irritar com frases impróprias um homem que deveria meter as mãos em minha boca e na de minha filha.

Sentei-me num sofá afundado, enquanto a senhora falava em tom apreensivo:

"Só um instante. O doutor já está vindo."

Fiz um sinal de concordância e esperei que ela saísse da sala para poder recomendar à menina: seja uma pessoa educada. Mas a senhora não saiu. Com a mão um pouco inchada, de veias saltadas, acariciou Michela, que estava me dizendo em voz altíssima: "Olha que lindo", o indicador apontado para ninfeias. "Menina querida", a elogiou, e foi sentar-se numa cadeira bamba que ficava no canto. Entre muitos rangidos, pegou uma revista e se pôs a ler.

No intervalo que se seguiu, me concentrei nas folhas amarelas das faias coladas nas paredes, sem tirar os olhos delas nem uma vez, temendo que, se eu trocasse um único olhar com a mulher, ela se sentisse forçada a puxar conversa. Preferi o silêncio, o bosque. A saleta era úmida e fria, exatamente como se estivéssemos ao ar livre em novembro. Pareceu-me que os troncos, na parte apenas tocada pelo sol, liberassem um vapor esverdeado que cheirava a fenol. Fenol e outono. Sim, reiterei a mim mesmo; se tivesse de dizer qual é o cheiro da dor, responderia: o cheiro do ácido fênico.

"Aqui estamos", disse o dentista. Era um homem gordo, por volta de sessenta anos, totalmente calvo; não tinha nada do

Cagnano que eu conhecera; me pareceu outro, que por acaso usava o mesmo sobrenome. Vestia um jaleco com nódoas amareladas, como se um ferro de passar muito quente tivesse se demorado demais sobre o tecido, e assim que ele apareceu espalhou um cheiro de charuto toscano que afugentou o do cresol. A mulher continuou lendo — ou fingindo que lia —, enquanto eu passava em sua frente sem a olhar, mas minha filha não se conteve e deu de surpresa uma palmada com a mão aberta na página da revista. A senhora estremeceu e então disse:

"Muito bem, menina."

Tirei Michela dali, exclamando:

"Isso não se faz."

Segui aquele novo Cagnano em minha vida por uma passagem escura, que nos conduziu não ao consultório, mas diretamente à cozinha. À cozinha, sim. As persianas estavam abaixadas, os puxadores pendiam quebrados, com as extremidades em fiapos, nenhuma luz do dia. O ambiente era iluminado por uma lampadazinha no centro de um antigo lustre de vidro ondulado, rosa. Viam-se panelas de várias dimensões que roncavam sobre as bocas do fogão. Conchas de aço brilhavam penduradas em ganchos. A pia, a lava-louça funcionando e a geladeira estavam alinhadas uma ao lado da outra. Havia até uma televisão portátil ligada num volume discreto, sobre a qual tinha sido apoiado e esquecido o toscano que empesteava o ambiente.

Falei com dificuldade e de modo confuso: Michela, prognatismo; se pudesse, um conselho; depois eu, não sei, estava preocupado. O dentista me fez um sinal com a mão, peremptório: silêncio. Primeiro desligou a TV, depois apagou o charuto, estrangulando sua extremidade com os dedos. Por fim, me disse com os lábios cerrados, como se para falar houvesse treinado longamente manter a boca fechada dos lados e aberta apenas no centro:

"Sente-se. Os pais vêm antes dos filhos."

Indicou-me uma cadeira normal, de cozinha, posta sob a luminária, e eu me sentei hesitante, como Michela que, tomada de uma repentina timidez, segurava minha mão com firmeza.

Ele ordenou:

"Pequena, vá para ali, ao lado da pia. Se ficar boazinha, te dou uma bala."

A menina obedeceu a contragosto: senti sua palma se soltando lentamente e por um átimo tive a impressão de cair para trás. Então Cagnano me deu um leve tapinha na bochecha e falou:

"Nada de medo. Lembre-se sempre de que o verdadeiro paciente não é o senhor, mas o dentista."

Fiz um ar confiante e tentei lhe contar sobre os dois incisivos. Interrompeu-me, quis ver imediatamente. "Sim", consenti, mas fiquei de boca fechada, esperando que ele pusesse a máscara e as luvas. Não colocou nenhuma das duas. Disse apenas: "E aí?", e eu abri a boca.

Jogou o tronco para trás, a fim de pôr maior distância entre minha goela e seus olhos míopes. Com o polegar e o indicador fedendo a toscano, ergueu meu lábio superior, afastou minha bochecha direita e puxou a da esquerda como se fosse de borracha, apenas com o indicador. Falou num tom menos rude e ligeiramente comovido:

"Que dentadura deve ter sido! Como foi que a destruiu assim?"

Sem forças, resumi para ele as coisas de sempre: que odiava meus dentes; que eles me decepcionaram; que descuidei deles de propósito, para puni-los; que as cáries começaram a destruí-los desde cedo; sem contar os maus dentistas, que tinham feito o resto; além disso, a falta de dinheiro; os emplastos de alface e os analgésicos custavam menos que os médicos. Aí está: foi assim.

Ele me deu as costas, resmungando: "Eu botaria os dentistas no paredão", como se ele não pertencesse à categoria; e foi até o fogão. Levantou a tampa de uma panela, aspirou seus vapores como para certificar-se. Então se virou para outra panela e gritou furioso: "Maria!". E mais forte: "Será que eu tenho de fazer tudo nesta casa?".

Maria entrou quase correndo, e eu mirei a lâmpada de cem velas sobre mim. Cagnano atacou a mulher com uma série de insultos pesados. Procurava a seringa: queria saber por que ela não tinha fervido a seringa.

Agitei-me na cadeira: que seringa ele estava procurado? Não usava descartáveis? Era evidente que — pensei — ainda se servia daquelas seringas metálicas que se usavam antigamente, e só de pensar naquilo fiquei ainda mais agitado. Eu me lembrava delas, vi uma com a imaginação. Beluga, um técnico dentário surdo-mudo que extraíra por uma ninharia os dentes em domicílio tanto de minha mãe quanto de meu pai, tinha uma dessas, dos anos 1960. Beluga sempre chegava de péssimo humor, às vezes sozinho, noutras acompanhado de uma menina de minha idade, talvez um pouco mais velha, que era a esposa dele. Chamava-se Fiorenza, falava e nos ouvia. Quando ela estava, eu sempre olhava para o outro lado: faria de tudo para não ter de escancarar a boca na frente dela. Mas Beluga dizia: "Vu, vu, vu", e apontava para o teto aquela seringa que parecia uma torre, com o pináculo da agulha todo torto, como se tivesse sido atingido por um raio.

Quase sempre chegava de mãos vazias. Já a garota, que lhe servia de ajudante, carregava uma maleta de couro marrom, bem gasta nos cantos. Na maleta, o técnico guardava seus instrumentos e um cilindro. Assim que precisava do cilindro, observava ao redor de olhos arregalados. Procurava um prego. Minha mãe tirava com calma um quadro da parede e o apoiava no chão, perguntando: "Está bom aqui?", como se ele pudesse ouvi-la. Ele pendurava ali o cilindro, do qual saía um tubo flexível de metal. O tubo terminava numa espécie de cabeça de serpente, na qual Beluga acoplava uma língua cruel. Ao acioná-lo, o cilindro vibrava contra a parede, e ele perfurava os dentes de toda a família.

De repente me voltou à memória aquele técnico dentário surdo-mudo, no momento em que, com a mão grosseira, afundava a agulha da seringa metálica numa ampola de onde extraía o líquido anestésico. Congestionado, exclamava: "Vu, vu, vu!", e picava com violência — porque a agulha rombuda não queria entrar — o palato, a gengiva, ai. Agora eu revia aquela mesma seringa nas mãos de Maria: foi um instante, e desviei o olhar.

"Tudo certo", disse Cagnano depois de examinar o objeto.

Perguntei timidamente:

"Desculpe, mas já vai extrair..."

"Vamos esperar até o Natal?", retrucou ele, dizendo a Michela: "Seu pai quer esperar o nascimento do Menino Jesus". Depois me perguntou distraidamente se eu estava tomando antibióticos. Respondi que sim, mas que os dentes continuavam doendo do mesmo jeito. "Quanto drama", se lamentou; e repetiu: "Aqui, meu caro, é preciso meter na cabeça que o verdadeiro paciente é o dentista". Então, depois de um longo suspiro, me ordenou que abrisse bem a boca. "Bonzinho, hein!", disse, e ergueu de novo meu lábio superior com seus dedos fedorentos, picando-me sem hesitação. "Belo bocão!", me apostrofou, puxando melhor o lábio para espetá-lo de novo. Fez o mesmo procedimento mais duas vezes, causando-me muita dor; depois recuou.

"Onde cuspo?", indaguei.

Parte do líquido amarelado do anestésico tinha ficado em minha boca.

"Na pia", ele apontou, berrando de novo: "Maria! Está dormindo?". Cuspi na pia, onde havia restos de sementes e peles de tomate; depois disso, abri a torneira e enchi a boca de água, bochechando. Assim, com a cabeça inclinada, topei com o olhar de Michela. Já não estava entusiasmada. Estava perplexa, boquiaberta, os grandes incisivos superiores se projetando para baixo como um desmoronamento.

"Ele te machucou?", quis saber em voz baixa.

Respondi:

"Coisinha pouca."

Quando voltei para a cadeira, o processo mortuário do anestésico começava a agir. O maxilar superior estava se tornando estranho, um peso incômodo pendurado no nariz. Também o palato estava como se retraindo. Não havia espelho na cozinha, mas imaginei que, se tivesse podido me olhar, descobriria que aquela zona do rosto já estava descarnada, só caveira.

Cagnano disse à assistente:

"O alicate."

Lancei um olhar de esguelha para ela e a vi de costas, enquanto procurava numa das panelas sobre o fogão. Quando lhe estendeu o objeto, ele gritou:

"O que você me trouxe, idiota?"

A mulher logo pediu desculpas e voltou atrás.

"Este está bem?"

Fixei a lampadazinha de olhos arregalados.

"Segure a cabeça dele", ordenou a ela.

Senti Maria passando às minhas costas. Pegou-me delicadamente a nuca com ambas as mãos, pondo os polegares em meus ouvidos, e sussurrou para mim:

"Pode se apoiar."

Em seguida, senti de leve o tepor tranquilizante de suas palmas e de seu peito. Ela respirava sobre minha testa. Para começar, Cagnano bateu duramente o ferro contra a pedra enterrada em meu maxilar. Agarrei-o pelo pulso e afastei sua mão.

"Não me arrebente a gengiva", pedi.

Ele me fixou gélido:

"O que foi, vai se queixar? Já percebeu como está pronunciando as palavras? 'Ão me lebend a gegia.' Fiz uma incisão em sua gengiva, está satisfeito? Agora fique calado e me deixe ver essas raízes."

O instrumento que ele empunhava fez tic tic contra não sei o que em minha boca. Cagnano estava à minha direita, uma nuvem nauseante de toscano; e ele se apoiava em meu ombro para espiar-me a boca com atenção. Apertava dois dedos — o médio e o anular — em meu nariz, com as pontas apoiadas sob meu olho esquerdo. Com o indicador, mantinha meu lábio superior erguido, e eu sentia sua unha afundando em minha gengiva sem causar dor. Contra o palato, em perfeita correspondência, estava o polegar. Por um instante pensei que me segurasse assim tão forte só para fazer, com a pressão dos dedos, minha raiz saltar do alvéolo. Mas não. Agora estava trabalhando com o alicate. Parecia um mecânico que, localizando um parafuso, tivesse decidido desaparafusá-lo para arrancar meu maxilar inteiro: crick, crick, crick.

"Não se mexa!", se enfureceu de repente, esmagando meu nariz e me empurrando contra o peito de Maria. E a ela: "Segure-o firme, cretina!". A mulher apertou forte meus ouvidos entre as palmas e, com os dedos, me apertou ainda mais as bochechas. "Aqui está ela", se entusiasmou Cagnano. Tinha parado de desatarraxar: agora estava pressionando para baixo. "Aqui está", exclamou, examinando sob a luz o fragmento que finalmente extraíra de mim. Logo depois comentou:

"Um dente tão grande e uma raiz tão pequena!"

Pequena? Lotto dera a entender que eu tinha raízes gigantes, e ainda por cima disformes. Sem que Cagnano mandasse, fui me lavar na pia e topei de novo com o olhar de Michela, que agora estava definitivamente apavorada. Fiz um carinho nela.

"Tudo em ordem", falei, "não senti nada."

Cuspi sangue e toquei com a ponta da língua o furo do alvéolo que se abrira ao lado do que ainda estava preenchido. Então abri a torneira e mergulhei a ferida sob o jato d'água. "Nada", repeti a Michela, enquanto a água e o sangue inundavam a pia, fazendo as peles de tomate boiar.

"Vamos logo com isso", impacientou-se Cagnano.

Perguntei levemente aflito, limpando-me com o dorso da mão: "Quando volto? Amanhã?"

Ele me impôs rudemente:

"Venha cá."

Tornei a me sentar na cadeira da cozinha. Ordenou: bonzinho, como se eu fosse uma fera rosnando, sem me poupar o enésimo: "O paciente, meu caro, não é o senhor: o paciente é quem vos fala". Depois me mandou abrir a boca e disse a Maria que se afastasse. Senti que ele passava rente a mim, postando-se logo atrás de meus ombros. Dessa vez me ergueu o lábio com o polegar e enfiou o dedo sob o palato. Não pude deixar de gorgolejar: uargh, uargh. Calado, sibilou ele, passando a desenroscar a outra raiz, mas dessa vez provocando uma dolorosa pontada cor de açafrão, que me atingiu em plena testa. Uargh, fiz mais forte, levantando a perna direita. Naquele instante a lâmpada queimou com um clic, e ficamos no escuro. Michela lançou um grito longo, lancinante: um I que se multiplicava sem trégua, reproduzindo-se branco no ar negro como se um datilógrafo tivesse esquecido o dedo numa tecla do computador.

Cagnano xingou e ordenou a Maria: "Vá pegar depressa outra lâmpada".

Ela se lamentou debilmente, não enxergava nada.

"Uma lâmpada!", Cagnano urrou. "Será possível que na sua idade você ainda tem medo do escuro?"

Eu não podia me mexer. Estava com o braço do dentista em minha testa, temia que, com uma leve pressão, ele me quebrasse o osso do pescoço. Fiz: "Uargh" com a garganta cheia de sangue, enquanto o grito ininterrupto de Michela me atravessava os tímpanos como uma agulha de tricô e, para não o escutar, recitava mentalmente certos versos das *Bucólicas* que não me vinham à mente fazia muito tempo.

As situações de perigo e desespero fazem milagres com as

palavras. As que parecem perdidas ou nunca assimiladas rompem sabe-se lá que lápide e retornam entre os objetos duráveis e vivos que nos dizem respeito. Eram versos famosos, mas minha memória é fraca, e de resto nunca me inspiraram grande coisa. Mas agora podia lê-los muito nítidos, preto no branco, num latim que jamais amei: *incipe, parve puer*; e via o *risus* de minha mãe, uns dentes brancos e regulares que se acinzentaram antes dos cabelos; quarta declinação, aquela com ablativo de boca aberta, talvez a minha, talvez a dela, -u.

*Incipe, parve puer, risu cognoscere matrem.** Depois do incômodo interminável de me carregar no ventre, minha mãe sorrira para mim? Ou se esquecera dele, toda tomada por seu transmutar de formas, negando-me para sempre o reconhecimento? Metamorfose do corpo, primeiro por pegada de vida e depois por timbre de morte, *mater-matris*. Quando ela estava sufocando de angústia no hospital, o ventre teso como uma onda, fiz de tudo para fazê-la rir. Contava histórias acompanhadas de caretas de todo tipo. Riso de presas, para lhe adoçar o rancor e a violência; mas ela dissera com ternura: "Assim você me mete medo". Será que os dentes maternos são aquilo que decide se um dia usaremos nossa arcada mortal na mesa dos deuses, no leito das deusas? Que poder terrível e prodigioso. Minha filha lançava seu I aterrorizado através da noite do cômodo como se fosse um dardo.

O dentista gritou a ela: "Calada, do contrário não lhe dou a bala!". E a mim, persuasivo: "O senhor não se preocupe".

Foi um átimo. A vogal berrada por Michela encontrou de repente um H e um ponto de exclamação; e eu recordei satisfeito: *quoi non risere parentes*;** Cagnano começou a se gabar: depois de trinta e cinco anos de experiência, sou capaz de extrair a raiz

---

* Citação de uma écloga do poeta latino Virgílio: "Comece, menino, a conhecer sua mãe com um sorriso". [N. E.]   ** "A quem os pais não sorriram", mais um verso da Écloga IV de Virgílio. [N. E.]

de um incisivo superior direito até no escuro. Ela já é minha, me garantiu, e continuou tagarelando tranquilo. O verdadeiro problema, segundo ele, não eram as lâmpadas de hoje, fabricadas com cuspe. O problema era que não podia contar com uma mulher ignorante como Maria, semianalfabeta, nascida em Basilicata entre bruxas e fanáticos do tarantismo, região de selvagens. "Ciuta", gritou para ela enquanto trabalhava em minha boca, "Ciutona!". Então começou a cantarolar: "Já é minha, já é minha, lá vem ela". Coisa que — percebi — fez Michela gargalhar com um riso que irradiava lampejos azuis.

Perdi de novo os versos das *Bucólicas*. São palavras intermitentes, como de resto todas as outras, não há arte que as conserve: um dia estão lá, amanhã é como se nunca tivessem sido pensadas ou escritas. No escuro, porém, enquanto eu sentia escorrer pelo queixo o sangue misturado à saliva, vi o jovem dentista Cagnano, aquele de antigamente, saindo feito uma lagartixa transparente do ventre de Ciuta: a estúpida, compreendi num estalo; Ciuta, Ciutona: assim a chamava a viúva do general, negando-lhe até a dignidade do nome, Maria. Num piscar de olhos, o dentista de antes se tornou — despencando das formas da opulência para as da miséria, das formas da juventude para as da velhice — gordo, calvo e mal-educado como este Cagnano: uma metamorfose feita de flop, som seco que lhe fechara os lábios nos cantos, deixando-os móveis apenas no centro, ele que tivera uma boca segura, Knapp caga-regras.

Agora a dor avançava veloz de algum ponto distante, mas eu não conseguia me queixar. Dava chutes no escuro, primeiro com a perna esquerda, depois com a direita, metodicamente, a cabeça espremida entre o braço do dentista e as palmas de Maria, que — eu tinha certeza — estava chorando acima de mim como se eu já fosse um cadáver. A infância voltara triste e dentuça, sem milagres. Voltara a adolescência. Via Fiorenza, a mulher de Beluga, pendurando no prego a broca à corda. Via minha mãe sobre a poltrona da dor me dizendo: calma, calma, calma, com uma barriga enorme, como se estivesse grávida. Eu estava isolado em mim: sob os ferros de Cagnano, mas também pequeno, ao lado da pia. Michela não sei: tinha parado de rir, e o breu a devorara.

"Feito!", exclamou o dentista, e senti caírem no chão tanto o alicate quanto meu maxilar inteiro, com um urro: uargh. "Sem exageros", me censurou ele, "e tenha sempre em mente que o verdadeiro paciente é o médico, não o doente." Então ordenou que eu me lavasse enquanto ia arranjar uma lâmpada. Sibilou para Maria: idiota, incapaz, ciuta, ciutona; não saia daqui!

Procurei a pia às apalpadelas, ajudado pela vaga luminosidade das bocas acessas do fogão. Quando a encontrei, abri a torneira e enxaguei a boca. Espichei a mão, encontrei Michela gelada, a testa suada. "Tudo certo", tentei dizer, mas só saiu um grumo de vogais. Estava com metade da mandíbula dormente: sentia uma dor bucal ainda não localizada, uma dor difusa, como se me houvessem arrancado alguma coisa no interior do nariz ou na raiz da língua.

"Como se sente?", me indagou Maria, cautelosa.

Estava às minhas costas. Respondi cuspindo: bem, muito bem. E então lhe perguntei à queima-roupa:

"A senhora era camareira na casa do general Cagnano trinta e cinco anos atrás?"

Nem uma sílaba, nem sequer um A; apenas o barulho da água na pia e a respiração rápida de Michela. Discrição dela; espanto; ou talvez não tivesse entendido nada do que eu dissera, por causa de minha dicção estropiada. A frase ainda estava no ar, uma enfiada de sons do tipo: aeinhóe amaie anha inaes aiá? Como eu estava falando? Tornei a meter a boca debaixo do jato d'água.

O doutor voltou resmungando:

"Aqui está. Eu tenho de fazer tudo. Como se pode trabalhar assim?"

Ouvi o estridor da lâmpada girando no bocal do lustre: a luz voltou a explodir na cozinha, e Michela me dirigiu um olhar aterrorizado.

"Agora vamos embora", balbuciei.

Fixei o fundo da pia para escapar à responsabilidade de tê-la levado àquele lugar.

Cagnano me ordenou:

"O que o senhor está fazendo? Venha se sentar."

"Ainda?"

"Deixe-me dar uma olhada."

Tornei a me sentar e escancarei a boca. Ele comentou: "Perfeito. Um trabalho executado no escuro, e olhe que resultado". Acrescentou: "Bem diferente das extrações que esses cretinos fazem hoje por aí". Então senti que ele me agarrava de novo o palato e a gengiva entre o polegar e o indicador tabaqueiros, murmurando: "O senhor tem dentões de javali e raízes de camundongo". Não contente, apertou mais forte, bem nos incisivos centrais que já não existiam, e disse perplexo: "Uh".

Corri de novo para me lavar, principalmente para purificar minha boca daquele contato. Depois de cuspir água e sangue, falei ansioso:

"Algum problema?"

"Não canse sua boca", me respondeu. E acrescentou: "Um odontoma pode ser tudo e nada".

Um odontoma?

"O que é um odontoma?"

Retrucou:

"O senhor é dentista? Não. E quer saber o quê? Volte amanhã às três."

"Mas um odontoma…"

"Amanhã."

"E quanto ao pagamento?", perguntei, acompanhando minha fala com o gesto de esfregar o indicador e o polegar para dizer: dinheiro.

"Poucas liras. Tratamos disso quando terminarmos."

"Eu continuo com os antibióticos."

Bufou irritado:

"Já lhe falei para não cansar a boca. Agora vamos ver a menina."

Michela gritou. "Eu não!", e correu para se esconder atrás de mim. Cagnano enfiou uma das mãos no bolso, dizendo:

"Eu te trouxe uma bala."

Tirou e mostrou a ela. Michela agarrou a bala gritando mais forte:

"Eu não!"

"Eu a trago de volta amanhã", me intrometi. "Quando as crianças não querem, não há muito o que fazer."

Rumei para a porta com calma, Michela agarrada à minha perna.

Cagnano resmungou: "Em minha longa carreira, sempre causei boa impressão às crianças". Então me ordenou, mas pouco convicto: "Traga-a aqui imediatamente".

Michela recomeçou com seu I a plenos pulmões, o dentista se impacientou:

"Não vou lhe fazer mal. Só quero verificar uma coisa."

Senti que meu coração começava a bater de raiva. Olhei ao redor em busca de um objeto qualquer, uma arma imprópria com que pudesse abater Cagnano caso ele ousasse pôr as mãos na menina.

Ele insistiu rudemente para que Michela se sentasse à cadeira. As crianças — disse dirigindo-se a mim, para que eu entendesse que não estava à altura de um pai — precisam saber que quem manda são os adultos.

Balancei negativamente a cabeça e recuei para a porta, enquanto apontava Michela como demonstrando: não quer; se ela não quer, não quer.

"Basta uma olhada rápida", tentou ainda Cagnano, entre contrariado e queixoso.

"Não!", exclamei, e me saiu uma espécie de estalo.

"Pior para os dois", ele explodiu. "Ambos, pai e filha, podem ter nessas bocarras, dentro dessas gengivas, até outra arcada de dentes, uma terceira dentição por completo, e nunca saberão."

Olhei para ele como um demônio infantil que, tendo de súbito voltado depois de décadas de ausência, usava minhas fantasias de antigamente para me enfeitiçar. Ele me prometia não um mal, mas um renascimento milagroso: adormecer à beira da morte e acordar renascido a partir da boca.

A magia de virar a página; minha filha e eu.

Já ia cruzando a porta quando me detive de novo, perplexo. Queria perguntar a ele: mas é possível? Entretanto flagrei o dentista bem no instante em que, pelo desapontamento, o furo de sua boca se alargava obrigando-o a entreabrir os lábios até as pontas. Vi que seus dentes eram lascados e pretos como as encostas de um vulcão corroídas pela água do mar.

"Até amanhã", me despedi e saltei para além da soleira, entrando na sala das faias de outono e segurando bem forte a mão de Michela.

Maria veio atrás de nós, nos ultrapassou e abriu a porta que dava para as escadas.

"Me dê trezentos mil", disse, "e não volte mais aqui."

Dei-lhe o dinheiro e balbuciei:

"Com certeza não volto mais."

Com certeza. Um odontoma; ou uma terceira dentição: dezesseis dentes em cima, dezesseis em baixo; novíssimos e regulares, perfeitamente prontos; molares, pré-molares, caninos, incisivos. Engoli mais sangue e me precipitei pelas escadas com Michela. Quando saí à Via delle Mandrie, fria e cinzenta de chuva, dissipou-se de golpe todo o efeito residual do anestésico. Que dor.

13

Assim que entrou no carro, Michela se sentiu segura e recuperou a fala. Quis olhar minha boca, resisti, acabei cedendo. Ela observou fascinada, de cima a baixo.

"Você tem dois buracos muitos pretos, sangrando muito", constatou. Acalmei-a: "Depois passa", e dei a partida. "Você é velho?", perguntou depois de um instante de silêncio. Respondi escandindo as palavras, apesar da crescente dor na raiz da língua: "Ainda não". "Os velhos morrem", falou. Balancei a cabeça energicamente: "Só os muito velhos". "Quem mais morre?" Expliquei: "Os que têm uma doença muito grave". E ela: "Você tem uma doença muito grave?". Eu não sabia. Talvez sim, eu estivesse doente, mas não disse a ela; ao contrário, me mostrei de ótimo humor. Eu, doente? Muito grave? Inchei meus bíceps com força e a fiz apalpar sob o casaco. "Viu como sou forte?", perguntei: os doentes eram fracos, eu, não.

Deixei-a na escola depois de tê-la instruído cuidadosamente por gestos e sons mal articulados: boca fechada com os irmãos e a mamãe, sobretudo com a mamãe; se ela falasse, não nos veríamos mais; nunca mais.

Jurou que não daria um pio; depois enfiou a mão no bolso do casaco e sussurrou:

"Tome." Pôs na palma da minha mão os fragmentos de meus dentes que, sabe-se lá quando, ela havia recolhido furtivamente do chão na casa de Cagnano. "Dê à fada", disse, "ela vai lhe trazer belos presentes." Busquei nos olhos dela o rastro das memórias que eu lhe fabricara, sugestões para depois gerar fantasmas. Não me deu tempo de encontrar. Tão logo o portão se abriu, sinal de que as crianças estavam para sair da escola, ela correu para se postar no canto onde, segundo acordos de velha data, ela deveria esperar os irmãos.

Permaneci no carro e também esperei que Giovanni e Sandra aparecessem, arrastados pela corrente rumorosa dos colegas de turma. Mas de repente vi Cinzia. Talvez os irmãos tivessem notado o desaparecimento de Michela, talvez alguém tivesse telefonado para casa; o fato é que minha mulher estava ali, sem casaco, despenteada, palidíssima. Parecia atravessada por cem espadas no centro do peito, mas, como uma heroína dos tempos antigos, ainda estava cheia de energia. Movia-se a passos largos do portão da escola para a escadaria, descendo em direção à filha. Mas, quando já estava na altura da menina, não parou. Afastou-a com uma das mãos e seguiu rumo ao Fiesta, dessa vez sem pressa, mas como se esquiasse sobre a calçada com uma cera de tipo especial. Levantava os braços com os punhos cerrados, depois os baixava com força, pulando para a frente de pés juntos, pernas coladas uma na outra. Dei a partida depressa, mas ela já estava a um metro do para-brisa e, pelo ímpeto com que se movia, imaginei que teria saltado sobre o carro quebrando os vidros com os saltos do sapato — mulher humilhada, mãe sofredora, pessoa dócil deformada pelos enganos —, de modo que me retraí contra o assento e apertei as pálpebras, enquanto os lábios se esticavam numa careta de espanto.

No entanto, inesperadamente, Cinzia parou de chofre com um olhar que, de enxuto e feroz, passou a desolado. Aproveitei e parti cantando os pneus, como um arruaceiro de periferia. Ela gritou:

"Espere! Aonde vai?"

Açoitado pela chuva, o para-brisa estava escamado de gotas trêmulas que logo confluíam em riscos impelidos pelo vento.

Não enxergava nada, o limpador do para-brisa quebrado me forçava a dirigir entre sombras líquidas. Estacionei nas proximidades do Verano, vasculhei na desordem do velho carro, achei um saco plástico, desses de supermercado. Enfiei a cabeça nele e, depois de fechar bem o casaco, saí para a praça.

A chuva crepitou sobre o plástico misturando-se às buzinas, às sirenes, aos rangidos estridentes do bonde. Levantei os olhos ao céu para ver os helicópteros: estavam lá e — slot slot slot — pareciam uma invenção gráfica, um modo novo de desenhar as gotas enquanto se soltam das nuvens baixas. Antes que o sangue parasse em minha garganta, cuspi no pavimento. Depois avancei a passos rápidos entre os canteiros, entre os quiosques com os nomes das floristas pintados no alto: Peppa, Maria, Marietta. Dang, dang, dang, fazia mais fortemente a chuva sobre o saco em minha cabeça. Comecei a correr entre as vendedoras de flores expostas à chuva, ao frio, ao amarelo ofuscante dos letreiros das funerárias, gordas e coradas, uma mantinha de lã por cima dos ombros, imagens especulares das estátuas deprimidas ou impetuosas sobre os arcos da entrada do cemitério. A água fluía em riachos para os bueiros, arrastando pétalas apodrecidas.

Procurei pelas alamedas desertas, debaixo da chuva intensa, o túmulo de minha mãe. Os ciprestes vibravam ao vento, as torneiras mal fechadas das muitas fontes sibilavam fios de água, fiiisss. Virei aqui, virei ali, tornei a virar: andei muito por aquela interminável casa dos mortos, mas sem incertezas, sabendo aonde ir. O lóculo fazia parte de uma vasta parede em retângulos de mármore, sete andares coloridos por flores reais e falsas, lâmpadas em formato de chama. Era o terceiro a partir de baixo, no canto; lá estava. Nenhuma flor, nem sequer o oval de um retrato. O único ornamento eram as gotas alinhadas no alto, ao longo da moldura.

Encostei o olho numa das frestas em forma de cruz e espiei além da lápide de cobertura como pelo buraco de uma fechadura. Não vi nada, nenhum cintilar de pupilas, nenhum riso de reconhecimento, breu total. Busquei no bolso as lascas de meus dentes, murmurei: "Fadinha, fadinha", e as deixei cair através das fendas. Entretanto, o saco plástico que eu tinha na cabeça raspou contra o mármore ruidosamente, e recuei com um sobressalto. Chuva, chuva, dang dang dang.

Eu me apoiei na parede, peguei o bloco de notas e escrevi: "Perdi dois dentes. Virar a página". Destaquei a folha e a introduzi na fenda em cruz. Não era um ato novo: deixava bilhetes daquele tipo toda vez que passava ali. O fundo do lóculo devia estar lotado de papéis, como uma caixa postal, e às vezes eu imaginava minha mãe deitada, lendo minhas folhas, amarela e inchada mas quieta, como em seus últimos dias de vida. "Melhor que 'Anabella'", dizia para me agradar. Mas na maioria das vezes pensava que aquelas folhinhas, que entravam carregadas de palavras, agora só conservavam borrões de bic, uma letra, duas, nada mais: mensagens adequadas ao destinatário, apagadas. No momento em que passavam pela fenda em cruz, as vogais morriam, morriam as consoantes.

"Dentes secretos de dragão", escrevi, e a chuva caiu sobre a tinta inchando a página e alargando em volta da escrita um halo azulado. Mesmo assim introduzi a folha na fenda. Senti que voava no escuro por um instante; ora aterrava "dragão", ora pousava "dentes". Mas onde? O que restara de minha mãe lá dentro? Ossos; e morte pintada num canto de minha cabeça. Vulnerável na época em que fomos juntos a Cagnano, com o tempo ela se tornara mortal. Que horror eu senti: a mulher que eu amava; o princípio alcançado pelo fim; nada de sistema nervoso, nada de cérebro, nada de sangue, nenhuma bomba do coração. Somente ossos sem paixão, sem palavras, sem eu.

Depois que ela morreu, me veio uma tal ânsia de estar na vida, que eu sentia o sono como um desperdício e tinha parado de dormir. Pensava no nome dela e tentava apagá-lo da memória. Aquela palavra que a designara me parecia perversamente duradoura, não conseguia sepultá-la. Como não servia mais para chamá-la, deveria perder toda a energia. No entanto a substituía obstinadamente, mantendo-a em vida atrás das portas, nos cantos escuros da casa em desordem. Era uma palavra robusta, não queria morrer. Mas depois também veio a vez dela. Já o *scheletrato*, palavra macabra dos dentistas que parecia escolhida a dedo para deprimir, permanecera estavelmente em sua boca. Era assim que se chamava a prótese que o surdo-mudo Beluga tinha fabricado para ela. Ainda estaria incrustada entre os dentes verdadeiros ou se dissolvera como tantas outras coisas? Olhei de novo pela fenda em cruz, enquanto a chuva tamborilava no saco plástico, me ensurdecendo. A obra de Beluga, escrevi; tinha arrancado o que era vivo e o substituíra por uma ficção. "O que é falso dura mais que o verdadeiro", acrescentei. O palato de minha mãe se dissolvera fazia tempo; no entanto, dentro daquele retângulo gelado, o molde rosado de resina continuava firme, com seus dentes falsos sem raízes ou ligamentos nervosos, a antecipação daquilo em que se transformariam os dentes vivos e as mandíbulas e os ossos do rosto: objetos que fazem dack dack dack.

Deixei cair mais aquela folhinha, mas dessa vez com certa repugnância, e me sentei num balde de metal emborcado, ao lado de uma escada de ferro com rodinhas. Poças em volta dos sapatos: torrentes de chuva suja desciam da parede de mármore. Via a água transbordar dos cálices metálicos desguarnecidos de flores, dos vasos marmóreos, da chama vítrea das lâmpadas. Havia um cheiro intenso de folhas apodrecidas e de smog.

A vida já tinha ido embora, tudo concluído, desvitalizado. Um dia Beluga exclamara: "Vu, vu, vu!", eu me lembrava bem disso, fazendo um gesto para Fiorenza. Ele queria tentar algo para o qual não se sentia plenamente preparado: desvitalizar um dente meu, arrancar-me um nervo vivo da boca. Mas vacilava — faço, não faço?

Eu estava sentado sob um lustre em formato de gotas, sem me interessar pelas intenções dele. O que quer que ele quisesse fazer em mim, forçando suas competências de técnico dentário, não me importava de modo nenhum. Também naquela ocasião, eu só esperava que Fiorenza, para pegar um instrumento que ele pedira, passasse rente à cadeira onde eu me sentava, na sala de jantar da casa de meus pais. Todas as vezes que acontecia, era como se eu perdesse o equilíbrio do corpo e da mente. Ora me roçava com o cotovelo, ora me tocava um joelho com o flanco, ora furtivamente, sem o marido perceber, me mandava acenos frenéticos de saudação, agitando a palma da mão aberta. Estava maquiada como uma diva do cinema, tipo Loren, e eu me perguntava: por que se casou com Beluga, por que brinca comigo?

Nos primeiros tempos eu não olhava para ela, me sentia atraído demais. Já ela me olhava com frequência, e aquele olhar me queimava, mesmo incidindo não na pele do rosto ou das mãos, mas no pulôver. Eu olhava fixo para o lustre que cintilava acima de minha cabeça, mas ficava tão agradavelmente transtornado que, enquanto Beluga trabalhava, nem sentia dor. Depois me dei conta de que Fiorenza me fazia caretas. Quando eu virava de leve o olhar, podia vê-la de viés, além do cotovelo do marido: botava a língua de fora, fazia cócegas nas axilas, sacudia as pernas como se dançasse uma espécie de cancã. Ficava com vontade de rir, e Beluga fazia irritado: "Vu, vu, vu!".

Essas coisas aconteciam quando aquele dentista nômade e surdo-mudo tratava de mim. Mas na maioria das vezes ele tratava de minha mãe, e o fazia com tal atenção que, dilatando sua condição de surdo-mudo, reduzia o mundo apenas à boca de sua paciente. De atarracado que era, Beluga se transformava num fino ramo de tília do inverno, ligeiramente oscilante, e se alongava sobre minha mãe prendendo a respiração. Não queria a ajuda de Fiorenza, escolhia os instrumentos sozinho, nem sequer exclamava: "Vu, vu, vu!". Ao contrário, certas inquietudes dele, certas raivas evaporavam de chofre. Enquanto trabalhava, era surdo, mudo e feliz, e às vezes, quando a arte o demandava, transformava-se em andorinha — de manhã, veloz e aéreo, ou em outras formas da leveza. Ao menor sinal de incômodo da parte dela, se detinha, recuava dois passos, pedia-lhe desculpas com os olhos, todo devotado.

Eu permanecia às suas costas e o mirava fascinado e com rancor. Depois procurava a mão de Fiorenza e a roçava, ela correspondia com um aperto. Ficávamos assim, de pé, entrelaçando os dedos, enquanto Beluga dançava suspenso sobre minha mãe e se ouviam apenas nossos respiros, o tique-tique dos ferros contra os dentes ou, mais raramente, o som da broca à corda. Fiorenza me lançava miradas irônicas com os olhos brilhantes e inchava as bochechas de boca fechada, para conter os risos. Mas às vezes parecia apenas desejosa de me machucar: me dava chutes com toda a força, ora com o salto, ora com a ponta, e me enchia os tornozelos de hematomas; ou me beliscava o quadril com as unhas, servindo-se da mão livre. Outras vezes, no entanto, dava breves golpes macios de quadril em minha perna e, levando o braço para trás das costas, guiava meus dedos pelo tecido da saia, ao longo da curva das nádegas, subindo pela espinha dorsal.

Então eu a impelia para o corredor, bem devagar, mas "corredor" era somente uma palavra, como palavras eram "sala", "Beluga", "assoalho". Na verdade, eu já não sabia onde estava, não me importava que meus irmãos ou minha avó ou meu pai ou o marido técnico dentário aparecessem de repente, não sentia nenhum temor ou constrangimento. Ficávamos na soleira entre a sala de jantar e o corredor, ela com as costas apoiadas no batente da porta. Mantínhamos nossas mãos entrelaçadas, imprevidentes, desajeitados, e eu arquejava com a boca, a garganta seca. Eu me sentia uma nuvem negra, carregada de relâmpagos e trovões. Pressionava Fiorenza como se fosse outra nuvem, com o tórax, com o ventre, a respiração cortada pela pressão de seus seios contra o peito. Comprimia o dorso de sua mão apertada à minha entre nossos sexos com tal violência elétrica, de um modo tão agressivo, que parecia querer quebrar os ossos de seus dedos e depois do púbis.

"Ai", ela fazia sem se esquivar, os olhos zombeteiros me observando de cima a baixo. "Ai, ai", sussurrava rindo, e não me repelia nem quando a beijava. Mas me oferecia os lábios cerrados. Eu passava a língua em cima deles, mordia-os: ela não abria, nunca os abriu. Quando passamos a nos esconder noutros cantos da casa — por exemplo, na cozinha escura no inverno; debaixo da pia onde, se alguém entrasse, não nos flagraria —, eu lhe implorava: abra a boca; mas ela sacudia a cabeça energicamente, os olhos cheios de riso voando ora para cá, ora para lá. Mesmo assim, deixava que lhe acariciasse e apertasse os seios, que afundasse o rosto neles, que tentasse engoli-los; contanto que estivessem ocultos pela malha, estreitados no sutiã como fruta na casca. Eu tinha a boca sempre cheia de fiapos.

"Por favor", eu suplicava.

Não e não, ela não queria. Então eu apertava sua cintura, seus quadris, entre as coxas, mas sempre cobertas pela saia que ela puxava com ambas as mãos assim que eu tentava levantá--la. "Quieto!", sussurrava, empenhando-se numa luta sem fim que lhe provocava gritinhos de alegria e risos sufocados. Puxava meus cabelos, retorcia-me as orelhas, arranhava a mão que tentava despi-la e a mordia até tirar sangue. Eu também a mordia, mas com delicadeza. Mordia os bicos dos seios, a bunda, a barriga, o sexo. Degustava suas roupas arrebatado pela imaginação. Conservava o vestígio de calor que continham.

Enquanto isso, a broca à corda zumbia pela casa e, quando o som se interrompia, nos repelíamos bruscamente e ficávamos imóveis, de orelha em pé. No instante em que a broca recomeçava, Fiorenza sumia engatinhando com um farfalhar de lagartixa. Eu a seguia logo depois para reencontrá-la mais uma vez ao lado de Beluga e minha mãe, solícita, como se nada fosse. Quando ia embora com o marido, sempre esquecia alguma coisa, talvez de propósito: uma luva de lã, um lenço, o batom.

Na vez em que não voltou mais, deixou um foulard azul. Quem apareceu sozinho foi Beluga, com sua maleta de couro marrom: Fiorenza tinha encontrado um emprego — entendemos —, mas nunca soubemos qual. Eu me agarrei àquele foulard como se ainda a envolvesse, e o conservei ao modo de um cavaleiro errante. O arrebatamento que sentia por aquele pano! Beijava o foulard como se fosse ela, rasgava-o a mordidas, enfiava-o inteiro na boca tentando me sufocar.

A certa altura, sem aviso prévio, Beluga também deixou de vir: já tinha terminado meus dentes fazia tempo, mas abandonou minha mãe com o trabalho a meio caminho. Foi tomado por outras preocupações. Certa noite, estraçalhou Fiorenza com um machado que ele comprara um dia antes, justo para isso. Homicídio premeditado. Trucidou-a porque descobriu que ela não havia arranjado um emprego, mas um amante. Ou pelo menos achou que as coisas fossem assim.

Eu tinha na memória — dei-me conta disso com surpresa, enquanto observava a água escura que descia dos lóculos — toda a sequência daquele assassinato como se o tivesse presenciado e fosse seu cúmplice: zac na cabeça, zac na garganta, zac zac no meio do peito. Também sabia em cada detalhe daquela noite de Beluga, quase como se lhe tivesse feito companhia. Podia vê-lo fugindo pelo terrapleno da ferrovia, entre os apitos dos trens no pátio de triagem. Escapava encurvado, saltando de um trilho a outro, destacado no alto pelas luzes dos semáforos, o vermelho, o verde. Os policiais o perseguiam vasculhando o escuro com as lanternas, e ele arfava: "Vu, vu, vu!". Na mão direita apertava a maleta de couro marrom, sabe-se lá por quê. Talvez quisesse recomeçar noutras bandas a vida de quase dentista em domicílio, na Austrália ou no Canadá. Talvez se lembrasse de que não havia terminado o tratamento em nossa casa e planejasse passar para completá-lo. Quando os policiais já estavam a poucos metros, ele sentou no chão, tirou o bisturi da maleta e cortou a garganta de orelha a orelha. Enquanto trabalhava na boca de minha mãe, já tinha as mãos da morte.

Percebi que o casaco estava encharcado de chuva. "Com esse saquinho na cabeça", disse um homem de impermeável com um capuz bem ajustado acima dos olhos, "é capaz de morrer sufocado. O senhor não lê os jornais?" Arrastou a escada para longe, até a outra ponta da parede de lóculos, fazendo-a deslizar com um chiado de calafrio pela barra de ferro que corria no alto, em paralelo à sexta moldura de mármore. Tirei o saco plástico da cabeça, sacudi-o vigorosamente, dobrei-o bem e o enfiei no bolso. Então me afastei sob a chuva sem sequer lançar um olhar de despedida ao túmulo de minha mãe.

Décadas atrás, Beluga tinha pedido a Fiorenza que lhe passasse um tira-nervos. Ela lhe estendera o instrumento dando-me um tchau com a mão. O técnico dentário cavoucou com o ferro, localizou o nervo, girou habilmente o pulso e o arrancou. "Vu, vu, vu", congratulou-se consigo mesmo. Depois pensou melhor e tornou a inserir o tira-nervos na polpa. Então o retirara de novo, com a boca aberta.

Agora o revia como se ele tivesse voltado do terrapleno onde se matara, justamente para me observar mais uma vez com aqueles olhos ressecados de estupor. Ele estava escrevendo. Quase nunca o fazia, quase sempre se comunicava por gestos com Fiorenza, e ela depois nos explicava. Todavia, naquela vez, ele me escrevera numa folhinha: "Você tem dentes acima destes". Isto é, uma outra dentadura, cravada sobre aquela que despontara quando meus dentes de leite haviam caído.

Eu olhei bem para ele, assim: ? Atrás de seus ombros, Fiorenza me fez um sinal: ele é louco, e eu tapei a boca com a mão para não rir. Se eu tivesse conhecido Beluga sete anos antes, teria acreditado. Aos nove anos de idade, ainda fantasiava que, nos dedos dos pés e das mãos, jaziam enrolados, como uma fita métrica, quilômetros de unhas prontas a despontar à medida que eu as cortava, uma reserva inesgotável; quanto mais sumiam em luas minguantes, mais cresciam. Mas agora eu me sentia adulto, armado contra a sorte e o mundo, disposto a tirar Fiorenza daquele homem sem muitas cerimônias. Tinha observado a caligrafia infantil de Beluga com certo desprezo, depois seu rosto largo, bonito, de olhos esbugalhados. Devolvera-lhe o bilhete sorrindo de modo provocador, com toda a boca.

Mas ele não desistiu e mostrou a folha à minha mãe, com deferência. Ela leu, fez uma expressão cativante e lhe disse:

"Os dentes dele já são bonitos."

Via-se que ela não acreditava naquela boniteza; entretanto o reiterou, apesar das risadas de Fiorenza e de meu embaraço. Então o técnico dentário meteu o bilhete no bolso como se o tivesse escrito para enviá-lo a si mesmo. Seja como for, parecia contente. Minha mãe era a única que lhe falava como se ele pudesse ouvi-la.

Deixei o cemitério debaixo de uma chuva que ora caía, ora sumia. Longos uivos de cães; e um uh-oooh, uh-oooh, talvez de homens, talvez de carros — bombeiros? policiais? —, como numa caça ao javali ao longo do Viale Regina Elena, dentro do Instituto Superior de Saúde, entre as multidões de estudantes, por ruas e ruelas laterais, ignorando os semáforos, entrando e saindo dos prédios, das janelas, das sacadas. Um bonde lotado deixou o ponto de estrutura laranja e arrancou sobre os trilhos lustrosos. De longe me pareceu que os passageiros tentavam deter o veículo agarrando-se uns aos outros numa corrente que chegava até a multidão que ficara na parada. Ali, entre os que esperavam outro bonde, vi Mara e Micco. Ele estava de pernas afastadas, as costas contra um poste de iluminação; ela jazia sobre ele, a bochecha e as mãos apoiadas em seu peito, recebendo carinhos na nuca. Estavam belos, ficavam bem juntos. Sobretudo Micco me pareceu um homem tão sedutor que eu mesmo me senti fascinado por seu modo de apertar os olhos e sorrir para ela. Mara, enfim, olhava-o com o nariz para cima, o queixo escorado em seu capote, o sorriso encantado.

Como é insuportável suspeitar que todos os outros sejam melhores que nós; não encontrar nada em que se agarrar para dizer: mas eu; depender do peso, da medida de quem amamos e não nos ama mais; dizer para si: talvez porque seja eu, a perdi; pensar e repensar no momento em que o outro que deveríamos ter sido se tornou apenas um eu; quando, onde, nunca se sabe, ora. Meu pai, se se sentisse como eu me sentia, levantava o mármore da mesa da cozinha para arrebentá-lo na cabeça de minha mãe. Erguia-o bem alto, com os dois braços, os olhos loucos. Ou não? Busquei melhor na memória: não era meu pai, era Pierre Bezúkhov,* se levantava com uma fúria de gigante do livro que eu lera tanto tempo atrás. Então fechei os olhos, os reabri e observei com maior cuidado as pessoas na parada. Também aquele homem não era Micco, e a mulher não era Mara.

---

* Personagem de *Guerra e paz*, de Tolstói. [N. E.]

14

Voltei para casa espirrando sem parar. Tirei casaco, pulôver, camisa. Preparei um banho quente ao alecrim, daqueles que Mara definia como muito tonificante. Escolhi a espuma de banho entre os frasquinhos coloridos que ficavam em prateleiras de madeira: xampu de óleo de vison, água destilada de rosas, uma solução antiplaca. Enquanto a água jorrava fumegando, tentei pronunciar: "Cistos, odontoma, septicemia", mas obtive péssimos resultados.

Estava deitado na banheira, cochilando, quando Mara chegou. Apareceu na soleira com ar esbaforido e quis saber dos dentes: como eu estava? Respondi limitando-me a escancarar a boca, e ela teve uma reação de horror. "Meu Deus", disse, "quem te destruiu assim?" Dei-me conta de que por preguiça, por asco, nem tinha dado uma olhada no espelho, de modo que me levantei com esforço e me examinei. "Tome", ela me disse, estendendo-me o roupão, "não molhe o piso todo", e em seguida tirou a tampa para esvaziar a banheira.

A gengiva, ali onde deveriam estar os incisivos, era uma espécie de onda sanguínea estreitada entre duas paredes brancas, aguda, desgastada em filamentos e grumos. "Coitado", disse Mara com pena, me beijando nos lábios e desejando, para meu bem e o dela, que, depois daquelas extrações, eu logo estivesse com toda a boca em ordem. "A grana você tem", falou, aludindo discretamente ao dinheiro que me dera.

Agradeci mais uma vez, calorosamente, e lhe falei com dificuldade de Cagnano (mas não de Michela), irritando-me porque minhas habilidades comuns de fonação eram constantemente sabotadas pela dor. "Uma terceira dentição", o dentista levantara a hipótese, talvez de brincadeira, talvez por loucura. E depois — disse a ela —, assim que me vi na rua, me lembrei de Beluga, um técnico dentário surdo-mudo de minha adolescência; ele também tinha diagnosticado havia muitos anos que, debaixo de meus dentes de predador, havia outros. "E se fosse verdade?", perguntei a ela, esperando que respondesse: mas claro, sim. No entanto, fez uns olhos vivazes, rodopiou uma das mãos como se enroscasse uma lâmpada na altura da testa e balançou a cabeça para me dizer: péssimo, nem uma letra pronunciada corretamente, ut gut ut. Em compensação, me apertou com força para me encorajar, me apalpou sob o roupão e riu: "Você está ficando com uma barriguinha". Então passou a enxaguar a banheira enquanto me dava informações do tipo: excelente dia, o trabalho correu muito bem, a planimetria aqui, a planimetria ali. Você — constatou enquanto fazia jorrar água nova e começava a se despir — já está pronto, muito bem; mas eu ainda preciso tomar banho, lavar o cabelo, um monte de coisas. E o tempo era contado.

Contado? Olhei perplexo para ela, que já estava entrando na banheira.

"O tempo para quê?", indaguei.

Ela se espantou:

"Mudou de ideia? Não quer ir por causa da boca?"

E visto que eu sacudia energicamente a cabeça, Mara me explicou que era o aniversário de Mario Micco. Ela me dissera na outra noite, eu tinha esquecido? Quarenta anos, ia dar uma grande festa. Tinha falado mais de uma vez, sim, e eu exclamara: vamos esperar que nos convide; iremos, com certeza.

"Iremos aonde?", perguntei alarmado.

Soube que Mario Micco alugara um local inteiro, o King, na Via della Piramide, 433; e também haveria uma banda de músicos amigos dele, capaz de ter danças de todo tipo. Eu não me lembrava nem disso? Impossível, que mentiroso. Micco nos dera o convite bem na porta da casa dele, quando estávamos para nos despedir. Não faltem, tinha dito. E como prova Mara me indicou o móvel onde eu mesmo apoiara o cartão quando voltamos. Quis que eu fosse buscá-lo.

Obedeci e examinei o convite. De um lado, havia uma foto de Micco aos três meses de idade, nu, de bruços, cabeça espichada para cima e a legenda: como eu era; do outro lado, ele aparecia de novo nu, sempre de bruços, a cabeça espichada para cima, mas com o corpo e a cara de agora sobre a escrita: como me tornei.

"Nunca vi esse troço antes", falei com esforço, batendo o cartãozinho na palma da mão, "eu não esqueceria essa tremenda vulgaridade."

Ela comentou:

"É uma coisa espirituosa."

Claro que sim, espirituosa.

"Você lhe deu os parabéns?", perguntei.

Respondeu: "Como assim?".

"Comprou um presentinho para ele?", insisti.

Replicou:

"Não entendi."

"Então", sibilei, derramando sangue e palavras da boca, "pode ir indo para a festa dele! Eu vou para a cama dormir. Não tenho nenhuma intenção de ir."

Ela me olhou estupefata e disse que, se eu não me sentia bem, era só dizer; era justificável, ainda mais em meu estado. Depois enfatizou: "Mas ainda preciso lavar o cabelo". E, pegando o xampu, concluiu: "Somos perfeitamente autônomos. Um para cá, outro para lá. Faça como achar melhor".

Joguei-me pesadamente numa poltrona, a TV num volume altíssimo. Desejava quebrar alguma coisa, mas não sabia o quê. Peguei uns catálogos pesados que Mara tinha deixado no sofá quando entrara em casa e os folheei com raiva: fotos coloridas em envelopes plastificados; prados, praias, casas e legendas com metros quadrados e preço: ânsia urbana por silêncio e sons de chocalho; refrescar a canícula à sombra de uma oliveira de sua propriedade, plantada por você; ruínas na colina, cento e cinquenta milhões; casas coloniais semirrestauradas, trezentos ou mais; frações exíguas de castelos em vilas medievais, meio bilhão; antigas casas reformadas por seu colega competentíssimo, seiscentos milhões, um bilhão, até mais. "Ah", me lamentei, e começaram a me voltar à mente trechos de frases que Mara pronunciara a propósito de Micco em tempos passados, antes daquele jantar, quando eu só o conhecia de nome, porque ela dissera. "Um homem não isento de defeitos, mas com muitas qualidades." Ou então: "De todo modo, no trabalho é o melhor". Depois, satisfeita: "Zomba de todo mundo, mas não de mim". E mais: "Não gosta de perder". Por fim, conceito fundamental: "Sempre foi gentil comigo".

As palavras estavam ali — tive a impressão —, em meio ao zumbido do secador de cabelo que vinha do banheiro. Mara lhe dizia e repetia; e sua voz ia e vinha como nos filmes em que o protagonista examina uma gravação suspeita. De tanto reouvir, os tons originais com que as memorizara me pareceram uma falsa memória, o modo como, para me obrigar a não ver nenhum problema naquilo, preferi acolhê-las e passar adiante. Entretanto emergiram outros tons, suspirosos, apaixonados. Agitei-me na poltrona, zonzo pela televisão e pela dor na boca.

Mara saiu do banho de roupão, sem dar uma palavra, os cabelos em nuvem. Passou e nem sequer me olhou. É claro que ela também devia ter pensado e repensado o que eu lhe dissera. Falei gentilmente:

"O que esse Micco tem, já que você o prefere a mim?"

Ela parou, se virou e respondeu:

"Não se entende mais uma sílaba do que você diz."

Enxaguei a boca com o antisséptico bucal, engoli de uma só vez um analgésico e um antibiótico e me vesti depressa. "Estou bem assim?", perguntei a ela bem quando estava abrindo a porta para sair, com o presente de Micco na mão. Não respondeu, somente um gesto incomodado, como quem diz: assim, assim; depois, se você passar mal, não implique comigo. Saímos, ela na frente, eu atrás. No carro, durante todo o trajeto, nos calamos por medo de dizer bobagens. Apenas perguntei, enquanto estacionava em local proibido:

"O que vamos dar a ele?"

Ela me olhou interrogativa. Então repeti, ajudando a fala com gestos. Por fim, respondeu:

"Um barbeador elétrico."

Belo desperdício de dinheiro por um desconhecido.

Na entrada, tivemos de mostrar o convite a um brutamontes armado (se via a pistola sob o paletó), como se se tratasse não do aniversário de um arquiteto chinfrim, mas de um figurão que precisasse de guarda-costas.

"Mas o que é isso?", perguntei a Mara. "Micco tem medo de ser sequestrado?"

"Memé fefé dodó", respondeu me arremedando. Que chatice. Eu criticava sempre, criticava à toa: não sabia que hoje, mesmo quando se vai ao cinema, é bom tomar precauções? Não me suportava mais.

Deixou-me plantado numa penumbra cheia de gente e foi cumprimentar uns amigos dela. Olhei ao redor. Burburinho, risadas, luzes vermelhas e azuis, um palco iluminado por holofotes no qual quatro rapazes coloridos testavam os instrumentos: pliiin plooon. Tirei o casaco molhado enquanto pessoas que passavam animadas me jogavam para cá e para lá. Como tinha amigos esse Micco. Se eu tivesse de reunir convidados para minha festa de aniversário, talvez pensasse em cinco ou seis pessoas ao todo, das quais pelo menos três renunciariam a vir no último momento. "Sou um homem chato?", me perguntei. "As pessoas se deprimem comigo?" Micco parecia muito querido. Localizei-o no centro do salão, num grupinho. Era possível escutar "Mario, Mario", e sons do tipo: hak!, yoh!, sgue!, uma floresta de pontos de exclamação em alegria, dentro da qual procurei Mara com o olhar. Queria ver se ela também se acotovelava para chegar e dar a ele o pacote, se puxava Micco para si e lhe beijava as bochechas. Não. Senti alguém me agarrar pelo braço, estava atrás de mim. "O que você está fazendo aí feito um poste?", me censurou. Tinha conseguido uma mesa. "Venha comigo, filhinho da mamãe", disse, enfiando o braço sob o meu e ostentando algum afeto, talvez para impressionar amigos e conhecidos que nos observavam.

Eu me sentei também fingindo bom humor, para evitar que Mara me deixasse sozinho de novo. Mas, enquanto isso, remoía: "Filhinho da mamãe, filhinho da mamãe". Não, filhinho tinha sido meu outro irmão, Mara não devia falar assim comigo. Fez para debochar de mim? Para me ferir? Quantas coisas ela sabia de mim, quantas lhe contei que não confessara nem a mim mesmo? Certas mulheres sabem tirar tudo de dentro da gente. Eu lhe confidenciara, por exemplo, que aos dezesseis anos gostava muito de ser visto como o marido de minha mãe. Uma vez — contei a ela — entramos juntos numa loja de tecidos. Minha mãe queria comprar um pano para fazer um vestido, ela os costurava sozinha, sabia como fazer. Indicava: queria ver esse, queria ver aquele, e o atendente ia para cima e para baixo pelas escadas, descarregando mercadorias de várias cores. Ele sabia do ofício. Com um gesto hábil de malabarista, fazia saltar sobre o balcão duas, três vezes seguidas, os retângulos das fazendas, que assim liberavam o odor pungente de tecido novo. Mas ela não se decidia, de modo que o vendedor perguntou com elegância: "Ouçamos a opinião do seu marido". Isto é, meu parecer. Eu tinha um corpo ossudo, uma barba cerrada, cabelos rebeldes, a boca temível, um édipo afiado como uma frase cortante. Mostrei os dentes várias vezes, meio sorriso, meio esgar agressivo. Minha mãe ergueu o olhar e me indagou: "Qual eu levo?". Apontei constrangido para um tecido azul, e ela comprou alguns metros dele, que o atendente mediu agilmente contra a borda do balcão. Dentro da loja pairavam os filamentos dos tecidos, uma poalha luminosa. Todo o ambiente parecia feito de corpúsculos coloridos, até minha mãe era feita de pó, grãozinhos bem compactos. Que serenidade atroz ela teve, tivera, ao me perguntar: qual eu levo? Já era uma sombra dos ínferos, daquelas que abraçamos por três vezes e por três vezes os braços nos retornam ao peito. "Se eu soprá-la", disse a mim mesmo, "ela se alarga, se deforma, se rasga, desaparece." Mara sabia cada palavra daquela história e daquele pensamento, conhecia todas as suas versões, todas as vezes eu as expusera como a verdade dos fatos; mas tinha sido um segredo arriscado. Desde então, sempre que se irritava comigo, dizia: olhe que não sou sua mãe. Claro que não era. Bela descoberta. Minha mãe era diferente, as mães são sempre diferentes, não se incomodava com coisa à toa, machucava sem machucar, não envelhecia. Tinha um corpo tão resistente ao tempo que eu, em plena crise da puberdade, parecia de fato mais velho que ela, e talvez o fosse. Soprei justo quando me virou as costas rumo à saída da loja. O sopro a atingiu nos quadris, fazendo-a ondejar para cá e para lá, como se dançasse a *bajadera*, e então uma fresta se abriu em sua coluna, inchando-lhe um vórtice no ventre. Andamos poucos metros na rua, e ela começou a se sentir mal. "Está batendo aqui", disse pálida, indicando o seio. Suava frio, mas era verão. Queixou-se de Beluga, que naquela época já estava morto. "Os dentes", exclamou, apertando as bochechas com o polegar e o indicador.

Mas a prótese de Beluga não tinha nenhuma responsabilidade por aquilo. Naquele período, ela começou a se queixar dos sapatos muito apertados, da saia muito apertada, até da pele que, dizia: me queima, está muito apertada em mim. Queria vomitar, uma náusea forte, tanto que certa vez precisamos parar num quiosque, onde ela tomou uma limonada. O médico da família ria e falava: a senhora devia ter outro filho. Mais um? Já tinha tido cinco, sem contar alguns abortos. No final do inverno seu ventre inchou. "Está grávida?", lhe perguntavam amigos e parentes. "Quem dera", respondia.

Os meses passaram. Eu a espiava às escondidas com uma apreensão horrorizada: os dentes de Beluga pareciam a única coisa ainda cintilante e viva em seu corpo de antes; quanto ao resto, tornara-se opaca, carregada de humores, amarela, a voz rouca, uma tosse seca que não passava nem a deixava dormir. Eu também tossia, registrava o léxico de seus médicos. Ainda me lembrava das palavras mágicas da magia ruim: um desconhecido agente morbígero; toxinas do baço; a veia esplênica; por via hemática; um estado crônico de irritação; fase ascítica.

De noite, certas vezes eu perguntava a mim mesmo: "Por que soprei?". Por que desejei desmantelá-la com aquele sopro? À mesa, em meio ao barulho crescente, entre os testes insuportáveis da banda, espremidos por convidados que, passando em comitivas ruidosas, davam empurrões mal-educados em nossa mesa, olhei Mara com rancor enquanto ela se agitava na cadeira com um sorriso distraído, e achei pela primeira vez a resposta: "Por excesso de amor. Porque a ideia de afastar-me dela me impedia de seguir pelo mundo a meu modo".

Falei a Mara:

"Não ouse mais me chamar de filhinho da mamãe."

Ela, mirando nervosamente o grupinho em que Micco recebia felicitações e abraços, me respondeu como se estivéssemos entretidos numa conversa prazerosa e inteligente:

"O que você disse, meu pequeno? Dudu, dadá, dodó?"

Micco — descobri — era um ótimo clarinetista. Com aquele instrumento pendurado na boca, os dedos saltitando com agilidade, tocou com as bochechas inchadas várias músicas das antigas com os amigos da banda. Apareceram os primeiros dançarinos: bem mais de quarenta anos, devidamente alegres, alguns excelentes; via-se que frequentavam escolas de dança, rodopiavam com destreza.

Em pouco tempo o espaço se encheu de casais que se sacudiam rindo e suando. Continuamos sentados, mas Mara batia o ritmo debaixo da mesa.

"Vamos dançar?", perguntou por gentileza.

Concordei sem entusiasmo, e dançamos canhestramente uma polca, incomodando com nossa imperícia os casais que conheciam os passos à perfeição. "Você sabe que eu só sei dançar tango", me justifiquei ao final. Ela me fez um sinal de silêncio e voltou à mesa, resmungando: "Quer apostar que rasgou minha meia?".

Estava verificando se era verdade quando Micco apareceu com o clarinete e exclamou alegre: "Aqui está você!", como se não a visse havia dois anos, e não duas horas. Imediatamente a abraçou e a beijou, mas também nesse caso de um modo que me pareceu excessivo. Passou o braço livre sobre os ombros dela e mergulhou impetuoso o nariz e a boca entre sua mandíbula e a clavícula, como se tivesse a intenção de deixar a face aquecida naquele espaço para depois repassar dali a pouco a fim de deixá-la de novo mais fresca sobre os ossos.

153

Mara não deu sinal de incômodo, ao contrário, pareceu contente que o festejado viesse propositalmente festejar em nossa mesa. Considerou aquilo um privilégio evidente, o sinal de uma preferência, uma espécie de subida de grau, e se depois do abraço e do beijo disse a ele: "Como você está suado", não o fez com desgosto, a meu ver inevitável depois daquele contato com a pele do pescoço. Aliás, tive a impressão de que a frase, para ser explicada inteiramente, precisaria de comentários do tipo: querido, não se agite tanto assim, está se sentindo bem? Tomara que não fique resfriado.

"Você é bom na clarineta", tentei elogiá-lo para marcar minha presença, mas ele não me ouviu ou não me entendeu, ignorando-me por completo. No entanto se entusiasmou com o barbeador, testando-o sobre a barba aqui e ali com desenvoltura: obrigado, obrigado, estava precisando mesmo; depois o passou a uma garota solícita, que recebia os presentes e sumia com eles não sei onde. "Cuidado com ele, tá?", disse-lhe como se se tratasse de um objeto frágil e raro. "Uma coisinha de nada", esquivou-se Mara, mas ele balançou a cabeça com firmeza e, para demonstrar quanto a considerava, distribuiu entre alguns amigos que apareceram para levá-lo embora apenas um rápido aperto de mão. Entretanto se atracou a Mara com grande alegria, envolvendo sua cintura com o braço esquerdo e roçando-lhe a orelha com os lábios para lhe dizer não sei quê: um atributo? Uma aposição? O nome de uma pessoa? De um lugar? Uma metáfora improvisada?

Pareceu se dar conta de mim apenas quando me indicou: "Olhe o Calandra ali!". Segui a trajetória de seu indicador e vi o dentista se agitando em meio à multidão dançante. "Ele cuidou bem de você?", perguntou olhando para Mara, como se ela é quem tivesse um problema nos dentes. Respondi: "Hum", mas ele já mudara de assunto, estava contando a ela sobre a garota que dançava com Calandra. Disse umas coisas picantes sobre a esposa do dentista, sobre suas duas filhas e sobre aquela jovenzinha, sua amante; mas, quando riu, o fez de modo contido, contraindo simpaticamente as bochechas nos cantos da boca. Por fim perguntou a Mara, insinuante, acenando a mim com um inclinar de cabeça: "Você já foi infiel a ele?".

Ela riu nervosamente e olhou fixo para a mesa. "São coisas que, se são feitas, não se dizem", respondeu.

Se são feitas; aquele se; não se dizem. Dei-lhe uma mirada, ela ficou vermelha: ou tinha vergonha de dizer àquele homem que nunca me traiu, ou tinha vergonha de ser uma mentirosa. No mesmo instante, observou os dançarinos na pista com falso interesse. Mas Micco a pressionou dizendo: "Malandrinha mentirosa!", e ela desandou a rir, protestando: "Que mentirosa, que malandrinha, nada disso!". Mas eis que: tarán, tarán, taratantán, um famoso tango. Ele perguntou, solícito: "Vocês não dançam?". Mara explicou que eu quase tinha rasgado suas meias. Eu imediatamente me preparei para levantar, aquele tango eu sabia dançar bem, mas Micco se antecipou a mim, agarrou Mara pela mão, gritou:

"Este é nosso."

E me deixou com o clarinete.

15

Peguei um copo de um sujeito que passava com uma bandeja. Bebi, fechei os olhos, bebi: como a gengiva me doía. A música tinha o ritmo da dor, enquanto tio Nino me fazia rodopiar pela sala: eu a dama, ele o cavalheiro, o polegar aqui, os dedos bem erguidos, e depois a perna, a perna!

Minha mãe olhava divertida da soleira; até meu pai que, certas vezes, quando estava alegre e não sentia que tinha desperdiçado a vida, queria demonstrar ao cunhado que ele sabia dançar tango muito melhor. Então arrastava a esposa ao centro da sala e ambos ainda eram muito jovens, reluziam de alegria, riam e dançavam com os dedos entrelaçados, os braços para a frente, correndo de lajota em lajota sem se preocupar com o ritmo da música, desviando-se da mesa, tropeçando numa cadeira e terminando ora no sofá, ora na poltrona, olé.

A vida, quando é feliz, passa despercebida. Por que não fui mais atento àqueles momentos? Aos meus, aos deles, aos dos outros; quando tudo se empina como uma onda, e os corpos se tornam feixes de músculos rijos sem esforço, e não há objeto ou sentimento fora de lugar: se chove, o tempo é bonito; se faz calor, ah, que prazer; se congela, como é doce o concerto das folhas cristalizadas sob as solas dos sapatos.

Meu pai, não contente com o gramofone, tocava com a boca. Era ele, agora, que fazia tarán tarán. Parecia absolutamente certo de que não havia nada no mundo, instrumentos, orquestras, anos de estudo e de exercício, que valesse mais que aquele deleite da garganta, daquela execução da boca. Arrastava minha mãe no tango lançando o mal de viver contra as paredes, contra os vidros embaçados das janelas, contra as fachadas rugosas dos prédios da frente. Filhos e parentes gritavam de satisfação, mas enquanto isso fugíamos daqui e dali para evitar sermos tragados por aquela explosão de energias. Eles se desviavam de nós, piruetavam, se desviavam, até que se agachavam curvos, sufocados pelos risos, e minha mãe dizia chega-chega, e ele mais--mais, e ela não, por favor, não aguento mais.

Fôlego dissipado, tempo esvaído. Já então havia o misterioso agente patógeno localizado no baço da paciente em questão? Minha mãe, agora que se via bruscamente numa cama de hospital, sem beleza, sem juventude, estava estupefata. Certa vez parou de ser cordial e caiu no choro, vencida pela raiva que lhe dava aquela mudança do corpo sem pré-aviso. Noutra vez se levantou no meio da noite toda alegre e tentou enfiar as pantufas pelo lado do calcanhar: ela se dava conta, mas insistia, não conseguia calçá-las do jeito certo, e ria como se gozasse com aquilo, em vez de se desesperar.

Assim que saiu do hospital, procurou ficar bonita e quis ser levada a uma igreja dedicada a um santo padroeiro dos doentes. No dia seguinte, limpou o apartamento de cima a baixo para se convencer de que estava ótima; depois cozinhou uma série de pratos elaborados, e nós comemos muito para festejar sua volta. De tarde mergulhou no coma, uma agonia persistente e já sem um eu capaz de dizer: "Eu agonizo". Eu me sentava em seu antebraço temendo que, por causa de um movimento involuntário, a agulha do cateter lhe rompesse as veias já muito castigadas: os hematomas que tinha nos braços eram nuvens roxas, carregadas de malefícios. Seu médico estava ali, e muitos parentes, uns correndo para cá, outros para lá, todos com problemas a resolver.

Meu pai também tinha seu problema: queria saber se ela sempre o amara. Perguntava e tornava a perguntar, mesmo sabendo que a mulher não podia responder. Queria ter um sinal, algo que estivesse no lugar de um sim ou de um não, já que ela depusera todas as palavras não se sabe onde, até os monossílabos, e jazia amarela e descarnada, de olhos fechados.

Mas que loucura querer saber justo naquele momento, daquele corpo ali, se sempre tinha sido amado. Que obsessão frágil e violenta aquela necessidade de amor absoluto. Na época eu não entendia, pensava: que pai inoportuno; melhor se tivesse interrogado o corpo que dançara o tango, muito loquaz, e não este. Mas agora, enquanto Mara e Micco dançavam juntos, tive a impressão de que conseguia entender. Meu pai queria colhê-la num instante de fraqueza e arrancar-lhe a verdade. Calculava que ela não poderia mentir naquele estado, sob a pressão da morte. E não levava em conta que a morte é uma força mal-educada, que lança sinais vulgares e derrisórios. De fato, agora todo o seu corpo só reagia para degradá-la. Era um corpo ruim, sem gentileza. Não queria deixar outra memória senão o horror. Imóvel, ausente dela, se agitava a fim de levar embora todos os seus outros corpos, e os recolhia aqui e ali das nossas cabeças e os enfiava à força dentro da agonia, como dentro de uma bolsa de viagem já cheia.

A certo ponto, minha mãe fez um esgar e pareceu sorrir: um lampejo no rosto que se tornara cinza. Meu pai se convenceu de que aquilo foi uma anuência extrema: sim, sempre te amei. Eu, no entanto, pensei com rancor:

"Culpa de Beluga. Não é justo que os dentes falsos pareçam o único traço verdadeiro dela."

16

Micco também parecia ter frequentado a escola de tio Nino. Mantinha Mara bem afastada de si, roçava-lhe as costas apenas com o polegar, esticava no ar os quatro dedos livres como bicos aduncos, prontos a defender a dama de empurrões e outras coisas mais. Dançava empertigado e decidido, imaginando-se um exímio dançarino. Mara o seguia com destreza e, como as pessoas ficam mais contentes quando celebram rituais bem conhecidos, logo os outros dançarinos cederam todo o espaço ao aniversariante, aplaudindo: muito bem, bravo, clac clac.

Entornei outro copo, antes de aproveitar aquele campo visual mais amplo para concentrar minha atenção na perna direita de Micco. Ele iria fazer, iria fazer? Já estava fazendo. Micco inseria várias vezes e à vontade, com energia, sua coxa gorda entre as pernas de Mara e a levantava do chão como se fosse uma montanha-russa na primeira volta. O rosto dela naqueles momentos embaraçantes, entre o desconforto e a alegria, me pareceu pouco aderente ao crânio, uma meia frouxa em volta de um tornozelo.

Quando a música parou, apareceu o bolo com as velinhas, e os espectadores foram ao delírio cantando um *parabéns* desafinado e de péssima pronúncia. Fiz exercícios de ioga para controlar a respiração e me acalmar, mas não consegui. Micco — perguntava a mim mesmo — levava uma foto de Mara na carteira? Conservava um punhado de seus pelos num envelope transparente? E ela não estava nem se dando conta daquela intrusão grosseira? Ou mentia e não era quem dizia ser?

Talvez eu estivesse um tanto febril. Recusei uma fatia do bolo, tinha creme demais; preferi beber outro copo, que, para me punir, passei com a borda pela ferida em brasa. Me senti como se fosse perseguido havia muito tempo, a vida inteira, por minhas próprias presas, e sentia um desejo incontrolável não de doce, mas de sangue e de massacre. Notei o impulso e pensei com asco: "Não é possível". "Sangue", "massacre", palavras que eu não queria pronunciar nem escrever, letras de matéria viva sem devoção. No entanto, eu insistia em extrair de mim imagens de uma ferocidade cada vez maior. O mundo de homicídios gotejava do teto da sala bem dentro do copo.

Puxei Micco pela manga do paletó.

"Só um momento", falei com gentileza a Mara e aos que estavam ao redor.

Passei um braço sobre os ombros dele e o arrastei para um local à parte, fazendo sinal ao grupo: ele já volta. Mara me olhou alarmada, fazendo por sua vez sinais com o indicador: a boca, a boca.

Mal demos dois passos, Micco me disse confidencialmente: "Não precisa se preocupar", e logo acrescentou em voz baixa, solícito: já sei tudo sobre a entrevista. O amigo dele tinha telefonado: o zacarogna; meu querido rapaz, o que é um zacarogna; mas só não há remédio para a morte. Garantiu-me que faria o possível: naturalmente, silêncio absoluto com Mara — eu podia confiar nele.

Balancei a cabeça, que me importava a entrevista? Falei pacatamente, afastando das palavras eventuais tons de ameaça: deixe-a em paz, não lhe dirija a palavra, não ouse tocá-la, não se mostre ofegante ao lado dela; acha que não sei como se dança um tango?

"O quê?", disse Micco rindo, e olhou ao redor, talvez procurando o sujeito com a pistola. "Gag gug gog", me imitou.

Escandi melhor as palavras: tirar a camisa para fora da calça e ajeitá-la mostrando a Mara a faixa de pelos na barriga; beijá-la daquele jeito entre a mandíbula e a clavícula; mostrar-lhe a trilha dos amores do gato Suk com tanta insistência; falar no ouvido dela segurando-a pela cintura. Eu era um cretino? "Não faça mais", recomendei, mostrando-lhe de propósito com um largo sorriso uma boca que devia ser um feixe de sangue, ramificações roxas e grumos de gengiva.

Micco fez uma expressão desorientada e repetiu perplexo: "Não entendo, me desculpe."

Então livrou os ombros de meu braço com um desvio caprichoso; me assinalou, girando o indicador da direita na horizontal, em torno de um eixo imaginário: depois; e se refugiou de novo no grupinho festivo que estava cantarolando:

"Mariooo, ô Mariooo, venha farrear com a genteeeee!"

17

Voltei para a mesa bastante satisfeito comigo. Talvez, graças àquela intervenção educada mas firme, quando voltássemos para casa em plena madrugada, eu evitasse aprontar a mesma cena de sempre com Mara. No futuro eu deveria agir sempre daquele modo, recomendei a mim mesmo. Coisas que se resolvem entre homens, sem descontar nas mulheres.

Passei o tempo bebendo e observando como o ambiente se redefinia ao se esvaziar. O piso de ladrilhos retangulares reapareceu, sujo de papel, restos de salada e batatinhas, maços de cigarro vazios; reapareceram as bases das colunas, que antes pareciam brotar da cabeça dos convidados; cresceu a distância percorrida pelos fachos dos holofotes; o som desfeito da banda adquiriu uma ressonância mais cheia e melancólica. Mara — vi — se demorava com alguns conhecidos, enquanto Micco estava a uma distância prudente, despedindo-se dos convidados com abraços e beijos.

"Como vai?", perguntou uma voz atrás de mim. Era Calandra, o dentista, vermelho e brilhante de suor, os olhos tão movediços que pareciam ter perdido a razão de tanto excitamento. Vi nos dedos de sua mão direita dois anéis rugosos que, acho, ele não usava no consultório. Agitou-os sob meus olhos enquanto insistia sobre sua identidade: Calandra, sim, o amigo de Micco, eu não me lembrava? Ele se lembrava perfeitamente de mim, dente por dente. Por que não fui à consulta que tinha marcado com ele?

"Eu tive um compromisso", respondi, tentando cerrar os lábios para não lhe mostrar o trabalho brutal de Cagnano. Ele me deu um tapinha amigável. Mario lhe dissera — me contou — que eu andava meio para baixo, não estava muito bem. "Estou ótimo", respondi prontamente. Estava apenas ansioso por saber — se ele me permitisse aproveitar de suas competências profissionais num momento tão inoportuno — se tinha mesmo fundamento aquela hipótese de que, por trás da dentadura de adulto, outros dentes pudessem nascer, numa espécie de terceira dentição. Quando eu tinha dezesseis anos — disse a ele —, um jovem técnico dentário surdo-mudo levantara a suspeita de que, por trás da arcada antiga, eu tivesse dentes novos já prontos para despontar. "Mas eu estava crescendo", murmurei, "estava perdidamente apaixonado pela mulher dele — perdidamente, sim; batido, mas eficaz: eu a amava perdidamente —, e achei insuportável que ele me devolvesse por vingança um desejo infantil."

Enquanto eu falava, Calandra ia ficando mais vermelho. Fez caretas terríveis com os lábios, revirando os olhos para um lado e para o outro, evitando me encarar. Por fim, não aguentou mais e explodiu numa gargalhada. "Alu alu, bascule calumete", disse aos risos. Depois, falsamente interessado: novos dentes? Onde? Queria dar uma olhada ali mesmo.

Eu me ajeitei para que ele o fizesse.

"Boca bem aberta", me disse imperativo, e fez um olhar de explorador, pondo até uma das mãos rente à testa. Não, ali não havia luz suficiente. "Vamos ao banheiro das mulheres", disse, caindo de novo na risada. Segundo ele, era um local tranquilo, certamente vazio naquela hora; as senhoras iam todas para lá no início da noite, e depois não pisavam mais ali; ninguém nos incomodaria.

Segui vacilante atrás dele até uma porta com o desenho de uma senhorinha. O banheiro estava imundo, água pelo chão onde tantas senhoras passaram e repassaram com seus sapatos, pias borradas de blush e rímel, um pântano de papel higiênico ensopado, cestos repletos com restos de todo tipo, o ar carregado de fumaça e uma luz neon que dava aos rostos um aspecto doentio. Eu me senti tonto, ele fedia a gim.

"Abra a boca", ordenou de novo, depois de me ter feito sentar de pernas afastadas na beira da pia, costas e nuca escoradas no espelho.

Abri a boca, obediente. Ele deu uma olhada e exclamou: "Umbé! Quem foi?". Quis saber quem tinha massacrado minha gengiva daquele jeito. Estava muito indignado, mas de uma indignação artificial, como se estivesse atuando. Ria e se lamentava, se lamentava e ria. Por fim gritou: "Por que não confiou em mim?". Eu merecia aquele estrago: olhe só, arruinado, umbé.

"A infância", me justifiquei com mal-estar. O que aconteceu é que eu não soube me furtar a um dentista de séculos atrás. Eu o deixei fazer, parecia muito seguro de si, pensava que era o dr. Knapp. Também ele — tentei explicar — aludiu a uma terceira dentição. Por isso eu queria saber: será possível que agora — agora, que estou envelhecendo — fosse recomeçar tudo de novo? Estou de fato doente e a vida acabou, ou na verdade, como dizia Beluga antes de matar a esposa, Fiorenza, é possível que nasçam dentes novos e eu mude meu rosto?

Ao me ouvir falar daquele modo, soprou de novo em cima de mim seu debochado "Alu alu, bascule calumete", e eu não consegui entender se o bafo de gim vinha dele, de mim ou de ambos. A voz se perdeu dentro de mim, onde soava clara e relatava tudo com uma leve aflição. Antes de crescer — falei —, acreditava que as formas de minha vida seriam inexauríveis, um depósito de maravilhas, um milagre depois do outro. Hoje um deus me convidaria para jantar, amanhã outro, para conversar de tudo um pouco. De noite, as deusas me ofereceriam suas camas graciosamente, assim o escuro não me causaria mais medo, e a serpente gelada nunca me morderia enquanto eu colhesse morangos, e a erva venenosa não me envenenaria, e a convexidade do mundo em precário equilíbrio jamais cairia em cima de mim. Quantas lorotas que pareciam verdadeiras, quantas ficções verbais que duram mais que a verdade. "Pode me examinar com um pouco mais de atenção?", lhe pedi. "Por favor, pode me dizer o que é que eu tenho na boca?"

"Calado", me ordenou Calandra, "o açougueiro a fatiou muito bem." E murmurou cantarolando: outros dentes, outros dentes. Depois fez silêncio, só o sibilar da respiração, até que se perguntou, mas como se falasse com minhas gengivas: "Há dentes novos aqui dentro?". A respiração fez: fuuu-ah, fuuu-ah.

Recuei um pouco, ajeitando-me melhor na borda da pia. "Parado!", ele imediatamente se irritou, estava trabalhando, eu não devia me mexer. Então me perguntou com seu tom exagerado: eu conhecia o caso estudado por Oribasio da Pergamo? Fiz sinal que não, uargh, quem era Oribasio?, estava engolindo saliva e sangue.

Mas ele também quis saber: e as notas de Pfaff sobre as dentições múltiplas? — Não, uargh, não. — "Não conhece Pfaff?", se divertiu repetindo. E tome-lhe mais risada dentro de minha boca. Pfaff, fuuh-ah, Pfaff.

Tentei dizer a ele outro uargh para ganhar um pouco de fôlego. "Quieeeto", se enrijeceu, sufocando uma risada pela metade. Fiquei imóvel. Ele se debruçou melhor sobre mim, prendeu a respiração e interrompeu bruscamente o fuuu-ah. "Quieeeto", repetiu, e senti que ele cutucava meus alvéolos castigados com a unha do mindinho, tanto que, por causa da dor, não aguentei mais ficar parado e dei chutes no ar com ambas as pernas.

"Aqui está ele", escandiu solenemente. Agarrou meu palato e a gengiva com o polegar e o indicador, cravando a unha na carne. "Se o açougueiro não acabou com eles", disse, "aqui estão dois pequenos e lindos incisivos, prontos para despontar." Apertou forte, me fazendo gemer de sofrimento. "Aqui está um", exclamou. "Sente? O novo dente: está esperando aqui dentro há décadas. Vou fazê-lo sair — umbé! Está contente?"

Eu não sabia se estava contente. Com aqueles dois dedos, ele estava me dando apertões tão fortes que me causavam uma dor insuportável, como se quisesse me punir por eu não ter ido à consulta que havia agendado. "Umbé", comentava com entusiasmo crescente, "umbé, umbé!" Então finalmente me anunciou, entre risos: "Pronto, um belo dentinho, um dentinho novinho em folha". E sem me dar trégua, passou ao segundo alvéolo. "Olhe", se comoveu, "como a gengiva está inchada. Olhe!"

Como eu podia olhar? Ele estava em cima de mim, o espelho às minhas costas, corria o risco de entrar dentro dele. Eu olhava fixo para o teto com manchas de umidade e pensava: "Quantos anos eu tenho? Quem está fantasiando dentro de mim?". Eu tremia contra o vidro, morria de frio como um zacarogna, e Calandra agora emanava um cheiro de poeira molhada. Mas um zacarogna pode morrer de frio? E qual é o cheio de poeira molhada?

"Dentes novos, vida nova", exclamou Calandra satisfeito. Puxou-me alegremente da pia e, com uma espécie de reverência logo seguida de um gesto largo da mão, me apontou o espelho dizendo: "Pode se admirar, o senhor é que é um homem de sorte".

Eu me procurei no vidro e mal tive tempo de me ver. Estava sorrindo artificialmente, tentando achar entre os dentes velhos, grandes, compridos e ruins — que ainda precisaria extrair — os dois incisivos novos, quando a mão de Calandra, enfeitada com aqueles grossos anéis rugosos, bateu com força contra a superfície do espelho e o rachou em três grandes pedaços, que logo se tornaram milhares de cacos chovendo sobre a pia e o piso.

O dentista ficou de braços abertos. "Desgraça, desgraça", murmurou amedrontado, bem quando uma voz feminina gritou do lado de fora. "Achei você! Está fazendo o que aí dentro? Saia logo e vamos para casa!"

Calandra saiu bambeando, frenético nas palavras — estou indo, estou indo, estou indo — e lento nos movimentos. A porta se fechou atrás dele.

18

Recolhi um caco de vidro do chão para olhar minha boca. Afastei-o, aproximei-o, nada. Via tudo escuro, como se o espelho tivesse conservado a imagem de minhas costas e agora a devolvesse para mim. Então testei com a ponta da língua, mas não fiz grandes progressos na exploração do resultado que Calandra obtivera. Senti apenas, no lugar dos furos, umas avelãs que me pareciam um espessamento da gengiva. De resto, sentia a boca pastosa, a língua entorpecida. Tentei tocar os dentes novos, apertá-los, puxá-los. Sim, eram os dentes que eu esperava desde criança: regulares, bem modelados, talvez brancos e luminosos como os das estrelas que aparecem na TV. Eu os sentia, os perdia. Enquanto isso, triturava cacos de espelho com passos pesados.

Saí do banheiro para encontrar Mara e contar a ela o que havia acontecido. Queria ser admirado, perguntar sobre meu aspecto, me gabar: veja como eu não estava enganado; tinha dentro da boca o impossível; bastava insistir. Topei apenas com dois funcionários que varriam o espaço vazio.

"Deve ter ido para o carro", pensei, mas desapontado: as ruas à noite são perigosas, as mulheres estão expostas a todo tipo de risco, às vezes até os homens. Procurei uma cadeira para me sentar um minuto e reunir as ideias, sobretudo as que não se deixavam capturar. Achei um banquinho, mas, não sei como, me vi agachado rente a uma coluna. Levantei com esforço, todo suado. Recuperei o casaco debaixo de uma mesa e me apressei em sair.

Chegando ao ar livre, a friagem me deu tanto arrepio que me vi forçado a murmurar a mim mesmo, num canto: calma, calma, calma. Quando me senti melhor, fui de pernas bambas até onde havia estacionado o Fiesta: o carro não estava lá, Mara não estava lá. Olhei ao redor. Será que ela foi sozinha para casa, se esquecendo de mim? Não. Talvez tivesse acontecido algo pior. Talvez tivesse ido embora por pensar que eu é que a abandonara ali, por causa de seu tango com Micco. Quantos mal-entendidos. Como eu fui estúpido naquela noite, em todos aqueles anos. Certas obsessões grudam na gente e você nem sabe onde tiveram origem, como fizeram o ninho, as formas que nos impuseram, a vida que lhe impediram, Mara.

Vaguei em busca de um táxi sem achar nenhum e decidi ir a pé, recomeçando a tremer de frio, um tremor incontrolável. Tinha vontade de me deitar no chão, num canto, de modo a cravar o corpo no pavimento e impedi-lo de vibrar. Ora eu me dobrava em dois, apertando os braços em volta do peito como se me abraçasse, ora me erguia, bem ereto, e andava a passos rápidos, uma perna aqui, outra ali. Agora sentia sem sombra de dúvida os dentes na boca, que chegavam a bater contra os de baixo, brrr. "Há esperança", pensei, fazendo timidamente um sinal com o polegar a um carro que passava. Um pouco de calor, por favor.

O carro inesperadamente parou. Subi me desdobrando em obrigados, que quentinho bom, obrigado. A motorista era uma mulher de seus quarenta anos, que também vinha de uma festa, o carro cheirava a ervas mágicas. Perguntei a ela: "E se eu fosse um mal-intencionado?". Sorriu, me respondeu: "O que o senhor disse?". Finalmente entendeu e falou que estivera num lugar tão cheio de mal-intencionados que, ao me ver, pensou: não é possível que haja mais um desses na rua. Me pareceu simpática, lhe falei dos dentes: dos velhos, dos novos, de minha filha, de quando eu era criança e adulto. "Quer ver?", perguntei: assim poderia me dar uma opinião; aliás, se me permitisse, eu gostaria de dar uma olhada no espelho. A mulher freou, desviando de leve à direita. "Saia!", ordenou. Ou eu saía, ou ela gritava. Saí.

Fiz mais um longo trecho a pé, cheguei em casa por volta das três. No elevador, pela primeira vez pensei que Mara talvez tivesse ido à casa de Micco: tinham deixado o local juntos e sumiram com meu Fiesta, bem aquecidos, bem afinados. Mas quem estremeceu àquela suspeita foi só o elevador, ao parar. Quanto a mim, para meu espanto, me descobri bastante cético: Mara na casa de Micco? Com meu Fiesta caindo aos pedaços?

A sequência do encontro amoroso entre eles também demorou a chegar. Invoquei-a com força, mas vinha desprovida de detalhes, o abraço de um casal qualquer, nada de particularmente intolerável, mais que Micco e Mara, pareciam Cary Grant e Ingrid Bergman. Eu tinha mudado? Ou a febre estava devorando meus sentimentos?

Abri a porta com a chave e me dei conta de que a luz da cozinha estava acesa. "Mara!", chamei. Estava sentada à mesa, fumando. "Você me deixou sem o carro", falei. E enquanto me desembaraçava do casaco, fui contando sobre Calandra: Calandra daqui, Calandra dali, ótima pessoa, excelente dentista.

"Você", ela por fim estourou, levantando da cadeira e apagando o cigarro no cinzeiro. "Você", repetiu, "com aquele ar de pessoa de bem, tão gentil, tão educado!" Eu não podia nem imaginar o que tinha feito a ela. Passaria a ser o alvo das gozações do escritório. O que eu dissera a Micco? Estava maluco? Delirante? Humilhada assim, nunca. Miserável, miserável. Como se apaixonara por mim? Por que tinha acontecido?

Fiz sinal para que se acalmasse. Estava com os olhos cheios de lágrimas, eu não tolerava vê-la naquele estado, sofria insuportavelmente. "Venha aqui", murmurei, mas ela retraiu o braço que eu lhe roçara como se, em vez de minha mão, fosse a ponta do Capitão Gancho.

Tremores demais, pensei, frio demais, pulsos vazios. O que é que não estava certo? Eu só queria que ela notasse como eu estava pronunciando melhor as palavras; ou pelo menos, se não melhor, de modo diferente. A língua me doía muito, isso sim, e a garganta; mas tudo passa. Era preciso apenas que, ao me ouvir, ao me ver, ela voltasse a ser carinhosa e me dissesse: sente-se, me conte tudo devagar; que me importa o Micco; está com febre alta?

Todavia vai saber o que ela viu, o que escutou; fabricou precipitadamente com minhas palavras sons de fúria e de medo. Eu apenas tinha dito: "Chega, acabou, juro a você". Já me sentia pronunciar o nome de Micco por inteiro, sem rancor, sem inveja, sem violência, sem suspeita.

"Mario Micco", gritei a plenos pulmões para provar a ela.

Mas ela deu um pulo para trás, derrubando a cadeira que estava atrás de si; um movimento de susto, como se tivesse ouvido uma explosão repentina na rua; ou como se tivesse visto atrás de mim quem sabe que estranho cheio de más intenções. Virei-me de repente, eu mesmo assustado, mas não havia ninguém, somente ela e eu. Então lhe indiquei, abrindo um amplo sorriso artificial: "Dá uma olhada aqui".

Não olhou. Agarrou o cinzeiro como para se proteger de alguma coisa e me acertou os lábios, a gengiva, os dentes: dong.

Caí sentado no assoalho. Passei a mão na boca e a retirei cheia de sangue, com os grumos escuros das cinzas.

"Ioooo!", berrei desesperado. "Patapumfete!, Dong, dong, mam! Iooo!"

19

Certas dores — li na sala de espera do dr. Falari — nos fazem perder o mundo enquanto duram; outras, ao contrário, restabelecem o contato.

"Mas é possível viver sem mundo?", perguntei ao dentista quando me recebeu. Falari — que entre todos os dentistas que reviraram minha boca nesses anos me parece, se não o melhor, o mais educado — respondeu que trabalha justamente para devolver dentes confiáveis aos pacientes. Espero que consiga fazer isso com os meus: se a dor não passar, não sei mais o que fazer.

Enquanto trabalhava fazendo e desfazendo, ele me aconselhou recorrer talvez a certos sofrimentos alternativos: calçar sapatos bem apertados, arrancar urtigas com as mãos, arrebentar arbustos cheios de espinhos, dar murros nas paredes. Mas não falava a sério. Ria e, ao rir, mostrava duvidar de que haja dores capazes de restituir o mundo.

É alguém que gosta de exibir seus conhecimentos. Mantém exposto, bem emoldurado na parede, um pergaminho de dentista pelo qual tem muito apreço. Trouxe do Equador, país de que fala bastante. Ele me conta dos tempos em que subiu o Chimborazo e o Cotopaxi, mas o faz de um modo tão genérico, ou tão fantasioso, que não acredito que tenha estado um dia naquelas terras distantes. "Chimborazo" não basta; nem "Cotopaxi". "Doutor", lhe pergunto, "como era a estrada, de que cor era a pedra, que tipo de cobra se encontra por lá, que cheiro tem?" Ele se confunde, mente, arrisca descrições com fumarolas e mofetas, desvia do assunto me levando até a sacada para ver à luz do sol se a cor dos dentes postiços que pretende implantar é coerente com a dos dentes que tenho na boca. Ele me encoraja: "Que boa impressão vai causar!".

Estamos em novembro, o céu cinzento nos chove sobre a cabeça. Da rua nos chega um alarido ameaçador, mas estamos no quarto andar, em segurança. Falari tem nas mãos um cartãozinho onde são exibidos, um ao lado do outro, dentes amarelados, acinzentados, brancos. "Uma amostra", penso, e me vêm à memória as cartolinas dos botões que minha mãe tirava de caixas brancas quando vendia miudezas.

"Este não, este não, este não", ia dizendo o dentista, destacando dentes dos cartões e os aproximando por um instante de minha boca aberta. A cada vez que faz isso, inclina o tronco para trás e aperta os olhos, como um artista que lança uma mirada de conjunto em sua obra. Já sei que ele não quer e não pode refazer uma boca nova para mim; pretende apenas fingir à perfeição um aspecto de integridade para a antiga. Aquilo que foi, dura em aparência. O corpo álgido que Falari implantará em mim, limando e parafusando, será feito à imagem das placas robustas que me despontaram das gengivas décadas atrás. Substituirá o que era vivo e quente, absorverá seu tepor, disfarçará com o hábito a natureza morta.

"Este sim", concluiu satisfeito o doutor, convidando-me a voltar ao consultório.

Enquanto me ajeito de novo na poltrona, noto num canto outro pergaminho em que se diz que esse homem gorducho de avental branco venceu em Forlì, três anos atrás, um concurso de flamenco. Dou meus parabéns, pensava que fosse uma dança de mulheres, música para ciganas, os homens sentados a dizer "olé". Para me provar o contrário, ele se espicha de repente com orgulho e se torna esbelto: bate os saltos dos sapatos, ergue no alto o cartãozinho com os dentes falsos e o faz vibrar no ar, enquanto gira com ímpeto a cabeça ora para cá, ora para lá. "Viu?", me pergunta fremente; depois volta a trabalhar em minha boca. Mas um segundo depois exclama:

"Mas essas suas gengivas não me convencem."

Respondo com uma serenidade fingida:

"De onde veio tanta paixão pelo flamenco?"

Agora sorrio melhor, mas não sei para quem.

Questo libro è stato tradotto grazie ad un contributo alla traduzione assegnato dal Ministero degli Affari Esteri e della Cooperazione Internazionale Italiano.

Este livro foi traduzido graças ao auxílio à tradução conferido pelo Ministério Italiano de Relações Exteriores e Cooperação Internacional.

Denti © Giulio Einaudi Editore, s.p.a., Turim, 2018

Todos os direitos desta edição reservados à Todavia.

Grafia atualizada segundo o Acordo Ortográfico da Língua
Portuguesa de 1990, que entrou em vigor no Brasil em 2009.

capa
Elisa v. Randow
imagem de capa
Luigi Ghirri | © Eredi di Luigi Ghirri
composição
Jussara Fino
preparação
Silvia Massimini Felix
revisão
Huendel Viana
Tomoe Moroizumi

Dados Internacionais de Catalogação na Publicação (CIP)

Starnone, Domenico (1943-)
Dentes / Domenico Starnone ; tradução Maurício
Santana Dias. — 1. ed. — São Paulo : Todavia, 2022.

Título original: Denti
ISBN 978-65-5692-356-7

1. Literatura italiana. 2. Romance. 3. Ficção
contemporânea. I. Dias, Maurício Santana. II. Título.

CDD 853

Índice para catálogo sistemático:
1. Literatura italiana : Romance 853

Bruna Heller — Bibliotecária — CRB 10/2348

todavia
Rua Luís Anhaia, 44
05433.020 São Paulo SP
T. 55 11. 3094 0500
www.todavialivros.com.br

fonte
Register*
papel
Pólen natural 80 g/m^2
impressão
Geográfica